# उमराव जान अदा

मिर्ज़ा हादी रुस्वा

अनुवाद

गिरीश माथुर

राजकमल प्रकाशन

ISBN : 978-81-267-0796-6

**मूल्य** : ₹ 250



**पहला संस्करण** : 1988
**पाँचवाँ संस्करण** : 2016

**प्रकाशक** : राजकमल प्रकाशन प्रा. लि.
1-बी, नेताजी सुभाष मार्ग, दरियागंज
नई दिल्ली-110 002

**शाखाएँ** : अशोक राजपथ, साइंस कॉलेज के सामने, पटना-800 006
पहली मंजिल, दरबारी बिल्डिंग, महात्मा गांधी मार्ग, इलाहाबाद-211 001
36 ए, शेक्सपियर सरणी, कोलकाता-700 017

वेबसाइट : www.rajkamalprakashan.com
ई-मेल : info@rajkamalprakashan.com

**मुद्रक** : बी.के. ऑफसेट
नवीन शाहदरा, दिल्ली-110 032

UMRAOJAN 'ADAA'
*Novel by* Mirza Haadi 'Ruswa'

# भूमिका

हमको भी क्या-क्या मज़े की दास्तानें याद थीं,
लेकिन अब तमहीदे-ज़िक्रे-दर्दे-मातम हो गईं।[1]

इस क़िस्से की शुरुआत इस तरह हुई कि मेरे एक दोस्त मुंशी अहमद हुसैन साहब, जो दिल्ली की तरफ़ के रहनेवाले थे, घूमने-फिरने के लिए लखनऊ तशरीफ़ लाए। उन्होंने चौक में सैयद हुसैन के फाटक के पास एक कमरा किराए को लिया, जहाँ अकसर मिलनेवाले सरे-शाम आ बैठते थे। बहुत ही लुत्फ़ की बैठक होती थी। मुंशी साहब की शायरी की समझ आला दरजे की थी। कभी-कभी खुद भी कह लेते थे और अच्छा कह लेते थे। लेकिन ज़्यादातर उनको सुनने का शौक़ था।

इसी कमरे के बराबर एक कमरा था, उसमें एक तवायफ़ रहती थी। रहन-सहन का तरीक़ा और रंडियों से बिलकुल अलहदा था। न कभी किसी ने कमरे पर रास्ते की तरफ़ बैठे देखा, न किसी का आना-जाना था। दरवाज़े में दिन-रात ताले पड़े रहते थे। चौक की तरफ़ का निकास बिलकुल बंद रहता था। गली की तरफ़ एक दरवाज़ा था, उसी से नौकर-चाकर आते-जाते थे। अगर कभी-कभी रात को गाने की आवाज़ न आया करती, तो यह भी न मालूम होता कि इस कमरे में कोई रहता है। जिस कमरे में हम लोग बैठते थे, उसमें एक छोटी-सी खिड़की भी लगी थी, मगर उसमें कूड़ा पड़ा हुआ था।

एक दिन रोज़ाना की तरह दोस्तों का जलसा था। एक साहब ग़ज़ल पढ़ रहे थे, दोस्त लोग दाद दे रहे थे। इतने में मैंने एक शेर पढ़ा। उस खिड़की की तरफ़ से 'वाह-वाह' की आवाज़ आई। मैं चुप हो गया और दोस्त लोग उस तरफ़ ग़ौर से देखने लगे। मुंशी अहमद हुसैन ने पुकारकर कहा, "यह छिपकर तारीफ़ ठीक नहीं, अगर शेर सुनने-सुनाने का शौक़ है तो जलसे में तशरीफ़ लाइए।" इसका कोई जवाब न मिला। मैं फिर ग़ज़ल पढ़ने लगा। बात आई-गई हो गई। थोड़ी देर के बाद एक महरी आई।

उसने पहले सबको सलाम किया, फिर यह पूछा कि मिर्ज़ा रुस्वा कौन साहब हैं ? दोस्तों ने मुझे बता दिया। महरी ने कहा, "बीबी ने ज़रा आपको

बुलाया है।" मैंने कहा, "कौन बीबी ?" महरी ने कहा, "बीबी ने कह दिया है, नाम न बताना। आगे आपका जो हुक्म हो।" मुझे महरी के साथ जाने में कुछ झिझक हुई। यार-दोस्त मज़ाक़ करने लगे–"हाँ साहब, क्यों नहीं, कभी की साहब-सलामत होगी, जब तो इस तरह बुला भेजा !" उधर महरी ने भी कहा, "हुज़ूर, बीबी आपको अच्छी तरह जानती हैं, जब न बुला भेजा है।" आख़िर जाना ही पड़ा।

जाकर जो देखा, मालूम हुआ उमराव जान 'अदा' तशरीफ़ रखती हैं।

उमराव जान (देखते ही) : अल्लाह, मिर्ज़ा साहब, आप तो हमें भूल ही गए।

मैं : यह मालूम किसे था कि आप किसी कोहेक़ाफ़ में रहती हैं।

उमराव जान : यूँ तो मैं अकसर आपकी आवाज़ सुना करती थी, मगर आज आपकी ग़ज़ल ने बेचैन कर दिया। अपने-आप मुँह से वाह निकल गया। उधर किसी साहब ने कहा कि यहाँ आइए। मैं अपनी जगह आप ही शर्मिंदा थी। जी में आया, चुप रहूँ, मगर दिल न माना। आख़िर पुरानी बातों के लिहाज़ से आपको तकलीफ़ दी। मुआफ़ कीजिएगा। हाँ, वह शेर ज़रा फिर पढ़ दीजिए।

मैं : मुआफ़ तो कुछ भी न होगा और न मैं शेर सुनाऊँगा। अगर आपको शौक़ है, तो वहीं तशरीफ़ ले चलें।

उमराव जान : मुझे चलने में कोई एतराज़ नहीं, मगर ख़याल है कि जो साहब वहाँ रहते हैं उन्हें या किसी और साहब को मेरा जाना नागवार न हो।

मैं : आपके होश तो ठीक हैं। भला, ऐसी जगह मैं आपको चलने के लिए क्यों कहता ? बेतकल्लुफ़ सोहबत है। आपके जाने से और लुत्फ़ होगा।

उमराव जान : यह तो सच है, मगर कहीं ज़्यादा बेतकल्लुफ़ी न हो।

मैं : जी नहीं, वहाँ मेरे सिवा कोई आपसे बेतकल्लुफ़ नहीं हो सकता।

उमराव जान : अच्छा, तो कल आऊँगी।

मैं : अभी क्यों नहीं चलतीं ?

उमराव जान : ऐहे, देखिए तो, किस हैसियत से बैठी हूँ !

मैं : वहाँ कोई मुजरा तो है नहीं। चली चलिए।

उमराव जान : ऊई मिर्ज़ा, आपकी तो बातें लाजवाब होती हैं। अच्छा चलिए, मैं आती हूँ।

मैं उठकर चला आया। थोड़ी देर बाद उमराव जान साहिबा ज़रा कंघी-चोटी करके कपड़े बदलकर आईं। मैंने दोस्तों से थोड़े-से लफ़्ज़ों में उनके शेरो-शायरी के शौक़ और गाने-बजाने के कमाल वग़ैरा की तारीफ़ कर दी थी। जब वह तशरीफ़ लाईं, तो यह ठहरा कि सब साहब अपने-अपने शेर पढ़ें और वह भी पढ़ें। ख़ुलासा यह कि बड़े लुत्फ़ का जलसा रहा। उस दिन से उमराव जान

अकसर शाम को चली आती थीं। घंटे-दो घंटे तक बैठक रहती थी। कभी शेरो-शायरी का जलसा हुआ, कभी उन्होंने गाया, दोस्तों ने सुना।

एक दिन उमराव जान ने अपनी एक ग़ज़ल का आख़िरी शेर पढ़ा :

किसको सुनाएँ हाले-दिलेज़ार,[2] ऐ 'अदा',
आवारगी में हमने ज़माने की सैर की।

मैं : क्या कहना बी उमराव जान साहिबा ! यह शेर तो आपने अपने हाल के मुताबिक़ कहा। और शेर क्यों न हों।

उमराव जान : तस्लीम, मिर्ज़ा साहब ! आपके सर की क़सम, बस यही आख़िरी शेर याद था। खुदा जाने, किस ज़माने की ग़ज़ल का होगा। शायद पहला शेर भी याद हो—ज़बानी कहाँ तक याद रहे, याद निगोड़ी गुम हो गई !

मुंशी साहब : और वह पहला शेर क्या है ?

उमराव जान : आप तो इंतज़ाम में लगे हैं, सुनेगा कौन ?

इसमें शक नहीं कि मुंशी साहब ने आज के जलसे के लिए बड़े सलीक़े से इंतज़ाम किया था। गर्मियों के दिन थे। दो घड़ी दिन रहे से सेहन में छिड़काव हुआ था ताकि शाम तक ज़मीन ठंडी रहे। उस पर दरी बिछाकर उजली चाँदनी का फ़र्श कर दिया था। कोरी-कोरी सुराहियाँ पानी भरकर और केवड़ा डालकर मुँडेर पर चुनवा दी थीं, उन पर मिट्टी के प्याले ढँके हुए थे। बरफ़ का इंतज़ाम अलग से था। काग़ज़ी हंडियों में सफ़ेद पानों की सात-सात गिलोरियाँ लाल रूमालों में लपेटकर केवड़े में बसाकर रख दी गई थीं। ढकनियों पर थोड़ा-थोड़ा खाने का तंबाकू रख दिया था। पेचदार हुक़्क़ों के नेचों पर पानी छिड़क-छिड़ककर हार लपेट दिए गए थे। चाँदनी रात थी, इससे रोशनी का इंतज़ाम ज़्यादा नहीं करना पड़ता था। सिर्फ़ एक सफ़ेद कँवल घुमाने के लिए जला दिया गया था। आठ बजते-बजते सब दोस्त—मीर साहब, आग़ा साहब, ख़ाँ साहब, शेख़ साहब, पंडित साहब, वग़ैरा-वग़ैरा तशरीफ़ ले आए थे। पहले मीठे फ़ालूदे के एक-एक प्याले का दौर चला था, फिर शेरो-शायरी का चर्चा शुरू हो गया।

मुंशी साहब : तो रुस्वा साहब, आप इंतज़ाम का ज़िम्मा लीजिए, बंदा शेर सुनेगा।

मैं : मुआफ़ फ़रमाइए, यह दर्दे-सर मुझसे न होगा।

मुंशी साहब : देखा उमराव जान साहब, आपने मिर्ज़ा साहब को ! आप शेर फ़रमाइए, मैं सुन रहा हूँ।

उमराव जान : मैं अर्ज़ किए देती हूँ :

काबे में जाके भूल गए राह दैर की
ईमान बच गया, मेरे मौला ने ख़ैर की।

मुंशी साहब : ख़ूब कहा है !

ख़ाँ साहब : बहुत अच्छा शेर है, मगर यह 'भूल गए' क्यों ?

उमराव जान : तो क्या हुआ ख़ाँ साहब, मैं रेख़्ती[3] कहती हूँ।

ख़ाँ साहब : शेर में मज़ा तो रेख़्ती का ही है। 'मेरे मौला ने ख़ैर की' आप ही की ज़बान से अच्छा मालूम होता है।

मैं : लीजिए ख़ाँ साहब, आपकी जुमलेबाज़ी शुरू हो गई। वे कहते हैं न फ़ारसी में कि हर फूल का रंग, उसकी बू, दूसरी होती है। उमराव जान, कोई और ग़ज़ल पढ़िए।

इसके बाद मुशायरा शुरू हो गया। हर एक ने कुछ-न-कुछ कहा, ख़ूब-ख़ूब दाद पाई। कुछ मज़ाक़िया शेर भी हुए। सभी हँस-हँसकर लोट-पोट गए। बीच-बीच में जिसको मौक़ा लगता दूसरे पर जुमला चिपका देता। काफ़ी रात तक यह सिलसिला चलता रहा। मुशायरा ख़त्म होने के बाद फ़ालसे की जो बर्फ़ जमाई गई थी, उसकी दो-दो कुलफ़ियाँ दोस्तों ने खाईं और सब अपने-अपने मकान चले गए। मुंशी साहब के यहाँ उमराव जान और मैं रह गए। दस्तरख़ान बिछा और हम तीनों खाने के लिए बैठे।

मुंशी साहब ने उमराव जान से कहा : ज़रा अपना वह शेर तो पढ़िए जो पहले पढ़ा था।

उमराव जान ने कहा :

किसको सुनाएँ हाले-दिलेज़ार, ऐ 'अदा',<br>
आवारगी में हमने ज़माने की सैर की।

मुंशी साहब : इसमें शक नहीं कि आपके हालात बहुत ही दिलचस्प होंगे। जब से आपने यह शेर पढ़ा है, मुझे यही ख़याल आ रहा है। अगर आप अपनी ज़िंदगी के हालात बयान करें तो अच्छा हो।

मैंने भी मुंशी साहब की ताईद की। उमराव जान पहलू बचाती रहीं। मगर मुंशी साहब के शौक़ और मेरे बार-बार कहने के लिहाज़ ने उमराव जान को मजबूर किया कि वह अपनी कहानी सुनाएँ। इसमें शक नहीं कि उमराव जान की ज़बान बहुत साफ़-सुथरी और सुधरी हुई थी। और क्यों न होती ! एक तो पढ़ी-लिखी, दूसरे आला दरजे की रंडियों में परवरिश पाई, शहज़ादों और नवाबज़ादों के साथ बैठीं-उठीं, शाही महलों तक पहुँचकर जो कुछ उन्होंने आँखों से देखा था, औरों ने कानों से सुना होगा।

अपनी कहानी वह जितनी कहती थीं, मैं उनसे छिपाकर लिख लेता था। पूरा होने के बाद मैंने मसविदा दिखाया। इस पर उमराव जान बहुत बिगड़ीं। मगर अब क्या होता ! आख़िर कुछ समझ-बूझकर चुप हो रहीं। मसविदा खुद पढ़ा, जहाँ ज़रूरत थी ठीक किया और जो चीज़ें रह गई थीं उन्हें बाद में बताया, जिनको मैंने उन्हीं की ज़बान में लिख दिया।

मैं उमराव जान को उस ज़माने से जानता हूँ, जब उनकी नवाब सुलतान

साहब से मुलाक़ात हुई। उन दिनों मैं अकसर उनके यहाँ बैठा करता था। बरसों बाद फिर एक बार उमराव जान की मुलाक़ात नवाब साहब से उनके मकान पर हुई, जब वह उनकी बेगम साहिबा की मेहमान थीं। इस मुलाक़ात का ज़िक्र आगे है। इसके कुछ अर्से के बाद उमराव जान हज करने चली गईं। उस वक़्त तक की उनकी ज़िंदगी की तमाम घटनाओं को मैं निजी तौर से जानता था। इसलिए मैंने यह क़िस्सा वहीं तक लिखा, जहाँ तक मैं अपनी जानकारी से उनके बयान के एक-एक लफ़्ज़ को सही समझता था।

हज से वापसी के बाद उमराव जान ख़ामोशी की ज़िंदगी बसर करने लगीं। तो कुछ पास जमा था उसी पर गुज़र-औक़ात थी। वैसे उनको किसी चीज़ की कमी नहीं थी। मकान, नौकर-चाकर, आराम का सामान, खाना-पहनना, जो कुछ पास जमा था, उससे अच्छी तरह चलता रहा। वह मुशायरों में जाती थीं, मुहर्रम की मजलिसों में सोज़ पढ़ती थीं और कभी-कभी वैसे भी गाने-बजाने के जलसों में शरीक होती थीं। लेकिन हज से वापसी के बाद मेरी उनसे मुलाक़ात पहली बार मुंशी साहब के मकान पर ही हुई।

**–मिर्ज़ा 'रुस्वा'**[4]

## संदर्भ

1. हमें भी मज़े की कैसी-कैसी कहानियाँ याद थीं, लेकिन अब वे शोक की दर्दभरी कहानी की भूमिका बन गई हैं।
2. टूटे हुए दिल की कहानी।
3. चलती भाषा जो आमतौर से लखनऊ-दिल्ली की औरतें बोलती हैं।
4. मिर्ज़ा रुस्वा ग़दर के ज़माने के लखनऊ के शायरों में थे। लेकिन उनकी ज़िंदगी के हालात के बारे में ज़्यादा कुछ मालूम नहीं। उनके कुछ शेर इधर-उधर मिलते हैं।

   इस उपन्यास ने ही उनको मशहूर किया। यह उर्दू के सबसे पहले उपन्यासों में है। आजकल की उपन्यास-कला के मुक़ाबले उमराव जान 'अदा' में बहुत-सी कमज़ोरियाँ हो सकती हैं, लेकिन लखनऊ की औरतों की बोलचाल की ज़बान इसकी सबसे बड़ी ख़ूबी है, जिसकी वजह से आज तक यह उपन्यास उसी दिलचस्पी के साथ पढ़ा जाता हैं जिसने उसे पचास वर्ष पहले लोकप्रिय बनाया था।

   हिंदी में अनुवाद करते समय मूल भाषा की सजीवता को बनाए रखने के लिए उर्दू के कठिन शब्दों के स्थान पर उन शब्दों को, जो हिंदी में समा गए हैं, और जो अपनी जगह चुस्त हो सकें, प्रयोग किया गया है। कहीं-कहीं उर्दू उच्चारण के अनुसार हिंदी के शब्दों का प्रयोग भी किया गया है। जहाँ ज़रूरत हुई, उर्दू शब्द उस तरह से नहीं लिखे गए जैसे हिंदी में लिखे जाते हैं, बल्कि उस तरह लिखे गए हैं जैसे उर्दू-भाषी लखनऊ के घरों में बोले जाते हैं।

# एक

बाप-दादा का नाम लेकर अपना बड़प्पन जताने से क्या फ़ायदा ! और सच तो यह है कि मुझे याद भी नहीं। हाँ, इतना जानती हूँ कि फ़ैज़ाबाद में शहर के किनारे किसी मुहल्ले में मेरा घर था। मेरा मकान पक्का था। आसपास में कुछ कच्चे मकान थे, कुछ झोंपड़े थे, खपरैलें थीं। रहनेवाले भी कुछ ऐसे-वैसे लोग ही होंगे, कुछ भिश्ती, नाई, धोबी, कहार। हमारे मकान के सिवा एक ऊँचा घर इस मुहल्ले में और भी था। इस मकान के मालिक का नाम दिलावर ख़ाँ था।

मेरे अब्बा बहूबेगम[1] साहिबा के मक़बरे पर नौकर थे। मालूम नहीं काहे में नाम था, क्या तनख़ा थी। इतना याद है कि लोग उनको जमादार कहते थे। मेरे एक छोटा भाई था। दिन-भर मैं उसे खिलाया करती थी और वह भी मुझसे इस क़दर हिला हुआ था कि दम-भर के लिए न छोड़ता था।

अब्बा जब शाम को नौकरी पर से आते थे, उस वक़्त की ख़ुशी हम भाई-बहन की कुछ न पूछिए ! मैं कमर से लिपट गई, भाई अब्बा-अब्बा करके दौड़ा, दामन से चिमट गया। अब्बा की बाछें मारे ख़ुशी के खिली जाती हैं। मुझको चुमकारा। पीठ पर हाथ फेरा। भैया को गोद में उठा लिया। प्यार करने लगे। मुझे ख़ूब याद है कि कभी ख़ाली हाथ घर न आते थे। कभी भुट्टे हाथ में हैं, कभी बताशों या तिल के लड्डुओं का दोना। हिस्से लगाए जाते। उस वक़्त भाई-बहन में किस मज़े की लड़ाइयाँ होती थीं—वह भुट्टा छीने लिए जाता है, मैं मिठाई का दोना हथियाए लेती हूँ। अम्माँ सामने खपरैल में बैठी खाना पका रही हैं। अब्बा उधर आके बैठे नहीं, इधर मेरे तक़ाज़े शुरू हो गए—"अब्बा, अल्ला, गुड़िया नहीं लाए", "देखो, मेरे पाँऊँ की जूती कैसी टूट गई है तुमको ख़याल ही नहीं रहता", "लो मेरा हार सुनार के हाँ से बनके नहीं आया, छोटी ख़ाला की लड़की की दूध-बढ़ाई है, भई मैं क्या पहनके जाऊँगी", "चाहे कुछ भी हो, ईद के दिन तो मैं नया जोड़ा पहनूँगी, हाँ मैं नया जोड़ा पहनूँगी।"

---

1. अवध के नवाबों की प्रथम महारानी।

जब अम्माँ खाना पका चुकतीं, मुझे आवाज़ देतीं। मैं जाती और रोटी की टोकरी और सालन की पतीली उठा लाती, दस्तरख़ान बिछाती। अम्माँ खाना निकालतीं, सब सर जोड़के खाना खाते, ख़ुदा का शुक्र करते। अब्बा एशा की नमाज़[1] पढ़के सो रहते। सुबह तड़के उठकर नमाज़ पढ़ते। उस वक़्त मैं उठ बैठती और फिर मेरी फ़रमाइशें शुरू हो जातीं। अब्बा वज़ीफ़ा[2] पढ़ते हुए कोठे पर चढ़ जाते, कबूतरों को दाना देते, एक-दो को हवा में उड़ाते। इतने में अम्माँ झाड़-बुहार से फ़राग़त करके खाना तैयार कर लेती थीं, क्योंकि अब्बा दिन चढ़ने से पहले ही नौकरी पर चले जाते थे।

अब्बा के चले जाने पर अम्माँ सीना-पिरोना लेके बैठ जातीं। मैं भैया को लेकर कहीं मुहल्ले में निकल जाती या दरवाज़े पर इमली का पेड़ था, वहाँ चली जाती। हमजोली लड़के-लड़कियाँ जमा हो जाते, मैं भैया को बिठाके ख़ुद खेल में लग जाती। हाय, क्या दिन थे, किसी बात की फ़िक्र ही न थी। अच्छे-से-अच्छा खाती थी, अच्छे-से-अच्छा पहनती थी, नाक-नक़्शा भी ख़ैर कुछ ऐसा बुरा न था। नाज़ुकों में मेरा शुमार न तब था, न अब है। मैं पहनती लाल गुलबदन का पाजामा छोटे पायचों का, नैनू की कुर्ती, तंज़ब की ओढ़नी, हाथों में चाँदी की तीन-तीन चूड़ियाँ, गले में हार, नाक में सोने की नथनी, कान अभी ताज़े-ताज़े छिदे थे, उनमें सिर्फ़ नीले डोरे पड़े थे, सोने की बालियाँ बनने को गई थीं।

मेरी शादी मेरी फूफी के लड़के के साथ ठहरी हुई थी। मँगनी नौ बरस के सिन में हो गई थी। अब उधर से शादी का तक़ाज़ा था। मेरी फूफी नवाबगंज में ब्याही हुई थीं। हमारे फूफा ज़मींदार थे। फूफी का घर हमारे घर से ज़्यादा भरा-पूरा था। मँगनी होने से पहले मैं कई बार अम्माँ के साथ वहाँ जा चुकी थी। वहाँ के कारख़ाने ही और थे। मकान तो कच्चा था मगर था बहुत लंबा-चौड़ा। गाय, बैल, भैंस बँधी थीं। घी-दूध की इफ़रात थी। अनाज की कसरत थी। भुट्टों की फ़सल में टोकरियों भुट्टे चले आते थे। ईख के ढेर लगे रहते थे। कोई कहाँ तक खाता !

मैंने अपने दूल्हा को, यानी जिसके साथ मेरी शादी ठहरी थी, देखा था, बल्कि उसके साथ खेली थी। अब्बा पूरा जहेज़ का सामान कर चुके थे, कुछ रुपये की फ़िक्र थी। रजब[3] के महीने में शादी तय हुई थी। रात को अब्बा-अम्माँ में जब मेरी शादी की बातें होती थीं, मैं चुपके-चुपके सुना करती थी और दिल-ही-दिल में ख़ुश होती थी। ग़र्ज़ कि मैं अपनी हालत में ख़ुश थी।

---

1. रात की नमाज़।
2. नमाज़ के बाद ख़ुदा के नाम का जाप।
3. हिजरी वर्ष का आठवाँ महीना।

# दो

दिलावर ख़ाँ का मकान हमारे घर से थोड़ी दूर पर था। मुआ डकैतों से मिला हुआ था। लखनऊ में बरसों क़ैद रहा। न मालूम किसकी सिफ़ारिश से छूट आया था ! अब्बा से सख़्त दुश्मनी रखता था। वजह यह थी कि जब फ़ैज़ाबाद से गिरफ़्तार हुआ तो चाल-चलन की तहक़ीक़ात के लिए मुहल्ले से लोग तलब हुए। उनमें अब्बा भी थे। बेचारे यूँ भी दिल के सादे और ज़बान के सच्चे थे। उस पर तुर्रा यह कि अदालत के साहब ने उनके हाथ में क़ुरान देके पूछा, "वैल जमादार, तुम सच-सच कहो, यह कैसा आदमी है ?" अब्बा ने साफ़-साफ़, जो उसका हाल था, कह दिया। उन्हीं की गवाही पर दिलावर ख़ाँ क़ैद हो गया था। यह हाल मैंने अपनी माँ से सुना था। वही कीना उसके दिल में चला आता था।

एक दिन उसने अब्बा का कबूतर उतार लिया। अब्बा लेने को गए, न दिया। अब्बा चार आने देते थे, वह आठ आने माँगता था। अब्बा तो नौकरी पै चले गए; और झुटपुटे का वक़्त था, खुदा जाने मैं क्यों घर से निकली। देखती क्या हूँ कि वह इमली के नीचे खड़ा हुआ है। कहने लगा, "बेटी, तुम्हारे अब्बा पैसे दे गए थे, कबूतर ले लो।" मैं उसके दम में आ गई, साथ चली गई। जाके जो देखती हूँ, घर में काली चिड़िया नहीं, अकेला मकान पड़ा है। इधर मैं मकान में दाख़िल हुई, उधर उसने अंदर से कुंडी बंद कर ली। चाहती थी कि चीख़ूँ। उसने मुँह में गूदड़ ठूँस दिया, मेरे दोनों हाथ रूमाल से कस दिए।

इस मकान का एक दरवाज़ा पीछे की तरफ़ था। मुझे ज़मीन पर बिठाके आप गया, दरवाज़ा खोला और 'पीरबख़्श' कहके आवाज़ दी। पीरबख़्श अंदर आया। दोनों ने मिलके मुझे बैलगाड़ी पर सवार किया कि गाड़ी चल निकली। मेरे काटो तो ख़ून नहीं। तले की साँस तले और ऊपर की ऊपर। करूँ तो करूँ क्या, कोई बस नहीं। मूज़ी के चंगुल में थी। दिलावर ख़ाँ, बहली के अंदर मुझे घुटनों के नीचे दबाए बैठा था, हाथ में छुरी लिए था। मुए की आँखों से ख़ून टपक रहा था। पीरबख़्श गाड़ी हाँक रहा था और बैल थे कि उड़े चले जा रहे थे।

थोड़ी देर में शाम हो गई। चारों तरफ़ अँधेरा छा गया। जाड़े के दिन थे। सन्नाटे की हवा चल रही थी। सर्दी के मारे मेरी बोटी-बोटी काँप रही थी, दम निकला जाता था। आँखों से बारिश जारी थी। दिल में यह ख़याल आता कि किस आफ़त में फँस गई—अब्बा नौकरी पर से आए हुए होंगे, मुझे ढूँढ़ते होंगे, अम्माँ आफ़त पीट रही होंगी, छोटा भाई खेल रहा होगा, उसे क्या मालूम होगा कि बहन कहाँ फँस गई। माँ, बाप, भाई, मकान, दालान, अँगनई, बावर्चीख़ाना—सब मेरी आँखों के सामने था। लेकिन यह सब ख़यालात एक तरफ़ और जान का ख़ौफ़ एक तरफ़। दिलावर ख़ाँ घड़ी-घड़ी छुरी दिखाता था। मुझे ऐसा मालूम होता था कि अब कोई दम में यह छुरी मेरे गले के पार होगी। मारे डर के मुँह से आवाज़ न निकलती थी।

इधर मेरा तो यह हाल था, उधर दिलावर ख़ाँ और पीरबख़्श में हँस-हँसके बातें हो रही थीं। मेरे माँ-बाप और मुझ पर बात-बात में गालियाँ पड़ती जाती थीं।

दिलावर ख़ाँ : देखा भाई पीरबख़्श ! सिपाही का पूत बारह बरस के बाद अपना बदला लेता है। अब वह कैसा तिलमिलाता होगा !

पीरबख़्श : भई, तुमने बेशक इस मसल को असल कर दिखाया। बारह बरस तो हुए होंगे तुम्हें क़ैद हुए।

दिलावर ख़ाँ : पूरे बारह बरस हुए। भई, लखनऊ में क्या-क्या मुसीबतें उठाईं। ! ख़ैर...वह भी तो कोई दिन याद करेगा। यह तो मेरा पहला वार हुआ है। मैं तो उसे जान से मारूँगा।

पीरबख़्श : माँ, यह भी इरादा है ?

दिलावर ख़ाँ : तुम समझते क्या हो, जान से न मारा तो पठान का बीज नहीं।

पीरबख़्श : भई, तुम बात के सच्चे हो, जो कहोगे कर दिखाओगे।

दिलावर ख़ाँ : देखना।

पीरबख़्श : और इसका क्या करोगे ?

दिलावर ख़ाँ : करेंगे क्या, यहीं कहीं मारके नाले में डाल दो, रातों-रात बह जाएगी।

मैं चौंकी। अपनी मौत का यक़ीन हो गया। आँखों में आँसू थम गए। दिल में एक धचका लगा। मुँह ढल गया। हाथ-पाँव डाल दिए। यह हाल देखके भी मुए कट्टर को तरस न आया और उसने एक घूसा ऐसे ज़ोर से मेरे कलेजे पर मारा कि मैं बिलबिला गई। पीरबख़्श बोला : इसे तो मार डालोगे, और हमारा रुपया ?

दिलावर ख़ाँ : गले-गले पानी।

पीरबख़्श : कहाँ से दोगे ? हम तो कुछ और ही समझे थे।

दिलावर ख़ाँ : घर चलो, कहीं से न हो सकेगा तो कबूतर बेचके दे दूँगा।

पीरबख़्श : तुम बेअक़्ल हो। कबूतर क्यों बेचो ? हम न एक बात बताएँ।

दिलावर ख़ाँ : कहो।

पीरबख़्श : अर-माँ[1], लखनऊ में चलके इस छोकरी के दाम खरे कर लो।

जब से अपने मरने का यक़ीन हो गया था मुझे इन दोनों मूज़ियों की बातें अच्छी तरह सुनाई न देती थीं, लेकिन पीरबख़्श की यह बात जो कान में पड़ी तो फिर से अपनी ज़िंदगी का कुछ आसरा बँधा। दिल में उसे दुआएँ देने लगी। दिलावर ख़ाँ ने कहा, "अच्छा, देखा जाएगा।" इसके बाद कुछ देर ये लोग एक पेड़ के नीचे आग जलती देख हुक़्क़ा भरने के लिए रुक गए। जब फिर गाड़ी चली तो दिलावर ख़ाँ ने हुक़्क़े का एक कश लेते हुए कहा, "यह कितने में बिक जाएगी ? और बेचेगा कौन ? कहीं पकड़ लिए जाएँ तो और मुश्किल हो।"

पीरबख़्श : इसका हमारा ज़िम्मा। हम तो बेच देंगे। अरे मियाँ, तुम्हारी बातें, पकड़ेगा कौन ! लखनऊ में ऐसे मामले दिन-रात हुआ करते हैं। हमारे साले को जानते हो ?

दिलावर ख़ाँ : करीम ?

पीरबख़्श : हाँ ! उसकी रोटी इसी पर है। बीसियों लड़के-लड़कियाँ पकड़ ले गया, लखनऊ में जाके बेच लिए।

दिलावर ख़ाँ : कितने के बिकते हैं ?

पीरबख़्श : जैसी सूरत हुई।

दिलावर ख़ाँ : भला ये कितने की बिक जाएगी ?

पीरबख़्श : सौ-डेढ़ सौ, जैसी तुम्हारी तक़दीर हुई।

दिलावर ख़ाँ : भाई की बातें ! सौ-डेढ़ सौ ! इसकी सूरत ही क्या है ? सौ भी तो बहुत हैं।

पीरबख़्श : अच्छा इससे क्या ! ले चलो। मार डालने से क्या फ़ायदा ?

इसके बाद दोनों में कानों में कुछ बातें होने लगीं जो मैं न सुन सकी। रात-भर गाड़ी चलाई। मेरी जान साँसे में थी। मौत आँखों के सामने फिर रही थी। ताक़त ख़त्म हो गई थी। बदन सुन्न हो गया था। नींद तो सूली पर भी आती है, थोड़ी देर में आँख लग गई। ख़ुदा का तरस, पीरबख़्श ने बैलों की कमली उढ़ा दी। मैं चौंक-चौंक पड़ती थी, आँख खुल जाती थी, मगर डर के मारे चुपकी पड़ी रहती थी। एक बार डरते-डरते मुँह पर से कमली सरकाके

1. अरे मियाँ।

जो देखा, मालूम हुआ, मैं गाड़ी में अकेली हूँ। पर्दे में से झाँकके देखा, दिन निकल आया, सामने कुछ कच्चे मकान हैं, एक बनिए की दुकान है, दिलावर ख़ाँ और पीरबख़्श कुछ ख़रीद रहे हैं। थोड़ी देर में पीरबख़्श ने गाड़ी के पास आके थोड़े-से भुने हुए चने दिए, एक लोटा पानी लाके दिया। मैं रात-भर की भूखी थी, चने खाए, थोड़ा-सा पानी पिया, फिर चुपके होके पड़ रही। वहाँ बड़ी देर तक गाड़ी खड़ी रही।

# तीन

गिरफ़्तारी की पहली रात की हाय, वो बेबसी मरते दम तक न भूलेगी। मुझे ख़ुद हैरत है कि मैं क्योंकर ज़िंदा बची—है, है, क्या सख़्त जान थी कि दम न निकला। दिलावर ख़ाँ, बंदे—तू दुनिया में तो ख़ैर, अपनी सज़ा को पहुँच गया, मगर क्या इससे मेरे दिल को तसकीन हो गई ! मुए की बोटियाँ काट-काटके चीलों-कौओं को खिलाऊँ तो भी मुझे आह न आए। हाय, मेरे माँ-बाप का क्या हाल हुआ होगा, कैसे मेरी जान को कलपते होंगे !

उस ज़माने में रेल न थी। फ़ैज़ाबाद से लखनऊ चार दिन का रास्ता था। मगर दिलावर ख़ाँ इस ख़ौफ़ से कि कहीं मेरे अब्बा पीछा न करें, न मालूम किन बीहड़ रास्तों से लाया। कोई आठ दिन में लखनऊ पहुँचे। मुझ निगोड़ी को क्या ख़बर थी कि लखनऊ कहाँ है; मगर उन दोनों की बातों से समझ गई थी, कहाँ लिए जा रहे हैं। लखनऊ में गोमती के उस पार करीम की ससुराल में मुझे लाके उतारा। छोटा-सा कच्चा मकान था। करीम की सास मुई मुर्दे-सूँघी-सी मालूम होती थी। मुझे घर में ले गई और ले जाके एक कोठरी में बंद कर दिया।

सुबह होते ही हम लखनऊ पहुँचे थे। मैं दोपहर तक बंद रही। फिर कोठरी का दरवाज़ा ख़ुला। एक जवान-सी औरत, जो करीम की जोरू थी, तीन चपातियाँ और एक मिट्टी के प्याले में चमचा-भर माश (उदं) की दाल और एक बँधनी पानी की मेरे आगे रखके चली गई। मुझे उस वक़्त वह भी नियामत लगा। आठ दिन हो गए थे, घर का पका खाना नसीब न हुआ था। रास्ते में चने और सत्तुओं के सिवा और कुछ मिला ही न था। कोई आधी बँधनी-भर पानी पी गई। इसके बाद ज़मीन पर पाँव फैलाके सो गई।

दो दिन अकेले ही इस कोठरी में गुज़रे। तीसरे दिन एक और लड़की—मुझसे उम्र में दो-एक बरस बड़ी—लाके बंद की गई। करीम ख़ुदा जाने कहाँ से उसे फुसलाके ले आया था। बेचारी चुहक-चुहकके रोती थी। मुझे उसका आना ग़नीमत लगा। जब वह रो-धो चुकी तो चुपके-चुपके बातें होने लगीं। किसी बनिए की लड़की थी, रामदेई नाम था। सीतापुर के पास कोई गाँव था, वहाँ की रहनेवाली थी। अँधेरे में तो उसकी शक्ल दिखाई न दी। दिन में जब

कोठरी की खिड़की खुली तो उसने मुझे देखा, मैंने उसे। गोरी-गोरी थी, बहुत खूबसूरत नाक-नक़्शा, डील छरहरा।

चौथे दिन उस कालकोठरी से उसकी रिहाई हुई। मैं वहीं रही। फिर तनहाई नसीब हुई। उसके तीसरे दिन, रात के वक़्त दिलावर ख़ाँ और पीरबख़्श ने आके मुझे निकाला और अपने साथ ले चले। बहुत घुमा-फिराकर एक बाज़ार आया—यह वह बाज़ार था जहाँ इज़्ज़त-फ़रोशी की दुकानें थीं, यानी चौक। हम एक मकान के दरवाज़े पर पहुँचे। यह ख़ानम जान का मकान था, जहाँ मुझे ज़िल्लत-इज़्ज़त, बदनामी-नेकनामी, जो कुछ दुनिया में मिलना था, मिला। मकान का दरवाज़ा खुला हुआ था, थोड़ी दूर पर ज़ीना था, ज़ीने से चढ़के ऊपर पहुँचे। वहाँ सेहन से होते हुए सदर दालान की दाहिनी तरफ़ के एक चौड़े दालान में ख़ानम जान के पास हम गए।

उनकी उम्र कोई पचास बरस की होगी। क्या शानदार बुढ़िया थी ! रंग तो साँवला था मगर ऐसी भारी-भरकम औरत, जिससे कपड़ों की शान बढ़ती हो, देखी न सुनी। बालों की आगे की लटें, बिलकुल सफ़ेद, उनके चेहरे पर भली मालूम होती थीं। मलमल का दोपट्टा, कैसा बारीक चुना हुआ कि शायद ही और किसी का हो ! ऊदे पाजामे बड़े-बड़े पायचों के। हाथों में मोटे-मोटे सोने के कड़े, कलाइयों में फँसे हुए। कानों में सादे दो बुंदे लाख-लाख बनाव देते थे। उस दिन की ख़ानम की सूरत आज तक याद है—पलंग से लगी हुई क़ालीन पर बैठी हैं, कँवल जल रहा है, बड़ा-सा कामदार पानदान खुला हुआ आगे रखा है, पेचवान पी रही हैं, सामने एक साँवली-सी लड़की नाच रही है। यह उनकी लड़की बिस्मिल्ला जान थी। हमारे जाने के बाद नाच रुक गया, सब लोग कमरे से चले गए। मामला तो पहले ही हो चुका था।

ख़ानम जान : यही छोकरी है ?

दिलावर ख़ा : जी हाँ।

मुझे पास बुलाया, चुमकारके बिठाया, माथा उठाके सूरत देखी। बोलीं : अच्छा, फिर जो हमने कह दिया है, मौजूद है। और वह दूसरी लड़की क्या हुई ?

पीरबख़्श : उसका तो मामला हो गया।

ख़ानम : कितने पर ?

पीरबख़्श : दो सौ पर।

ख़ानम : अच्छा, ख़ैर। कहाँ हुआ ?

पीरबख़्श : एक बेगम साहिबा ने अपने साहिबज़ादे के वास्ते मोल लिया है।

ख़ानम : सूरत-शक्ल की अच्छी थी तो इस क़दर हम भी दे निकलते।

तुमने जल्दी की।

पीरबख़्श : मैं क्या करूँ, मैंने तो बहुत समझाया, मेरे साले ने न माना।

दिलावर ख़ाँ : सूरत तो इसकी भी अच्छी है, आगे आपकी पंसद।

ख़ानम : ख़ैर, आदमी का बच्चा है।

दिलावर ख़ाँ : जो कुछ है आपके सामने हाज़िर है।

ख़ानम : अच्छा, तुम्हारी ही ज़िद सही।

यह कहके ख़ानम ने हुसैनी को आवाज़ दी। हुसैनी, गुदबुदी-सी, साँवली अधेड़ औरत, सामने आके खड़ी हुई, तो उन्होंने संदूक़चा लाने को कहा। उसने लाके सामने रख दिया। ख़ानम साहब ने संदूक़चा खोला, बहुत-से रुपये दिलावर ख़ाँ के सामने निकालके रख दिए। बाद को मालूम हुआ कि सवा सौ थे।

दिलावर ख़ाँ और पीरबख़्श सलाम करके चले गए तो ख़ानम साहब पूछने लगीं : हुसैनी, यह छोकरी इतने दामों कुछ महँगी तो नहीं मालूम पड़ती ?

हुसैनी : महँगी ! मैं कहती हूँ, सस्ती है।

ख़ानम : सस्ती भी नहीं है। ख़ैर, होगी। सूरत तो भोली-भाली है। ख़ुदा जाने किसकी लड़की है ! हाय ! माँ-बाप का क्या हाल होगा ! कहाँ से मुए पकड़ लाते हैं, ज़रा भी ख़ुदा का ख़ौफ़ नहीं। हम लोग तो बेक़सूर हैं। पाप उन्हीं मुओं पर होता है। यहाँ न बिकती, कहीं और बिकती।

हुसैनी : ख़ानम साहब, यहाँ फिर भी अच्छी रहेगी। आपने सुना नहीं, घरों में लौंडियों[1] की क्या गतें होती हैं !

कुछ देर दोनों इसी तरह बातें करती रहीं। फिर बुआ हुसैनी ने बड़ी मिन्नत से कहा : बीबी, यह छोकरी तो मुझे दे दीजिए। मैं पालूँगी। माल आपका है, ख़िदमत मैं करूँगी।

अब तक बुआ हुसैनी खड़ी हुई थीं। अब बैठकर मुझसे बातें करने लगीं। नाम पूछा तो मैंने बताया अमीरन। ख़ानम बोलीं : भई, यह नाम तो हमें पसंद नहीं, हम तो उमराव कहके पुकारेंगे। फिर हुसैनी ने मुझसे कहा : सुना बच्ची, उमराऔ के नाम पर तुम बोलना, जब बीबी कहें उमराऔ, तो तुम कहना, जी।

उस दिन से उमराव मेरा नाम हो गया। थोड़े दिनों बाद जब मैं रंडियों की गिनती में आई तो लोग 'उमराव जान' कहने लगे। ख़ानम साहब मरते दम तक 'उमराव' कहा करती थीं। बुआ हुसैनी 'उमराऔ साहब' कहती थीं।

बुआ हुसैनी मुझे अपने कमरे में ले गईं। मुँह-हाथ धुलाया, अच्छा-अच्छा खाना खिलाया, मिठाइयाँ खिलाईं, अपने पास सुलाया। रात को मैंने माँ-बाप

---

1. सेविकाएँ।

को सपने में देखा—जैसे अब्बा नौकरी पर से आए हैं, मिठाई का दोना हाथ में है, छोटा भाई सामने खेल रहा है, उसको मिठाई की डालियाँ दीं, मुझे पूछ रहे हैं, जैसे मैं दूसरे दालान में हूँ, मैं दौड़के लिपट गई और रो-रोके अपना हाल कहने लगी। सपने में इतना रोई कि हिचकियाँ बँध गईं। बुआ हुसैनी ने जगाया तो क्या देखती हूँ कि न वह घर है न दालान, अब्बा हैं न अम्माँ, बुआ हुसैनी की गोद में पड़ी रो रही हूँ, बुआ हुसैनी आँसू पोंछ रही हैं। चिराग़ जल रहा था, मैंने देखा, बुआ हुसैनी के आँसू भी बराबर जारी हैं।

वाक़ई बुआ हुसैनी बड़ी नेकज़ात औरत थीं। उन्होंने ऐसा प्यार-मुहब्बत का सुलूक किया कि मैं चंद ही रोज़ में अपने माँ-बाप को भूल गई। और भूलती न तो करती क्या ! एक तो मजबूरी, दूसरे नए ढंग, नए रंग, अच्छे-से-अच्छा खाने को; और खाने वो जिनके ज़ायक़े भी न मालूम थे; कपड़े वो जो मैंने कभी सपने में भी न देखे थे; तीन लड़कियाँ बिस्मिल्ला जान, खुर्शीद जान, अमीर जान साथ खेलने को; दिन-रात नाच-गान, जलसे-तमाशे, मेले-बाग़ों की सैर। वह कौन-सा ऐश का सामान था, जो हासिल न था। यह नहीं कि मैं ऐसी कट्टरदिल हूँ कि अपने माँ-बाप को भूलकर खेल-कूद में पड़ गई। वैसे तो मेरी उम्र बहुत कम थी मगर ख़ानम के मकान में आने के साथ ही मेरे दिल को यक़ीन-सा हो गया था कि अब मुझे उम्र यहीं काटनी है। जैसे नई दुल्हन ससुराल जाके समझ लेती है कि मैं यहाँ एक-दो दिन के लिए नहीं बल्कि मरने-भरने के लिए आई हूँ—वही हाल मेरा था। रास्ते में मुए डकैतों के हाथों इतनी तकलीफ़ उठाई थी कि ख़ानम जान का मकान मेरे लिए बहिश्त हो गया।

# चार

ख़ानम का मकान था कि एक परिस्तान था। जिस कमरे में जा निकलो सिवा गाने-बजाने, हँसी-मज़ाक़ के और कोई चर्चा न था। अगरचे कमसिन थी, मगर फिर भी औरतज़ात बड़ी होशियार होती है, मैं अपने मतलब को समझती थी। बिस्मिल्ला, ख़ुर्शीद को गाते-नाचते देखके मेरे दिल में भी ख़ुद-ब-ख़ुद उमंग-सी पैदा होती, मैं अपने-आप गुनगुनाने और थिरकने लगती। इसी अर्से में मेरी भी तालीम शुरू हो गई। मेरी तबीयत गाने-बजाने के लिए बहुत मुनासिब पाई गई। आवाज़ भी पक्के गाने के लायक़ थी। सरगम साफ़ होने के बाद उस्ताद ने आस्तायी शुरू करा दी। उस्ताद जी बहुत उसूल से तालीम देते थे, हरेक राग का सुर-ब्यौरा ज़बानी याद कराया जाता था और वही गले से निकलवाया जाता था। मजाल न थी कि सुर कोमल से अतकोमल[1], शुध[2] से अतशुध[3], या तीवर[4] से तीवरतर[5] हो जाए।

एक दिन ख़ानम साहब के सामने मैं रामकली गा रही थी। धेवत शुद्ध लगा गई। उस्ताद जी ने न टोका। ख़ानम साहब ने फिर उसी को कहवाया। मैंने फिर उसी तरह कहा। उस्ताद जी फिर न चेते। ख़ानम साहब ने घूरके देखा, मैं उस्ताद जी का मुँह देखने लगी। उन्होंने सिर झुका लिया। फिर तो ख़ानम ने उनको आड़े हाथों लिया। उस्ताद जी को बहुत बुरा लगा। उस वक़्त तो चुप हो गए मगर दिल में बात लिए रहे। एक दिन ऐसा हुआ कि मैं सोहे गा रही थी। ख़ानम भी मौजूद थीं। मैंने उस्तादजी से पूछा कि इसमें गंधार कोमल है या अतकोमल।

उस्तादजी : अतकोमल।

ख़ानम : ख़ाँ साहिब, माशे-अल्ला, यह मेरे सामने !

उस्तादजी : क्यों ?

---

1. अति कोमल।
2. शुद्ध।
3. अति शुद्ध।
4. तीव्र।
5. तीव्रतर।

ख़ानम : और फिर आप मुझी से पूछते हैं ! सोहा में गंधार अतकोमल है ? भला, आप तो कहिए।

उस्तादजी कहने लगे : गंधार कोमल लग गया।

ख़ानम : बस आप ही क़ायल हूजिए। ख़ुद आप कोमल कहते हैं और बच्ची को बहकाते हैं, मुझे कसते हैं। ख़ाँ साहिब, मैं कुछ यूँ ही नहीं हूँ, ख़ाक चाटके कहती हूँ कि गले से न अदा हो लेकिन इन कानों ने क्या नहीं सुना। मैं भी कोई ऐसे-वैसे घराने की शागिर्द नहीं हूँ—मियाँ गुलाम रसूल को आप जानते हैं ? इन बातों से क्या फ़ायदा ! अगर बताना हो तो दिल से बताइए, नहीं तो मुआफ़ कीजिए। मैं और कोई बंदोबस्त कर लूँगी। छोकरियों को ग़ारत न कीजिए।

उस्तादजी 'बहुत ख़ूब !' कहके उठ गए, कई दिन न आए। ख़ानम ख़ुद तालीम देने लगीं। चंद रोज़ के बाद ख़लीफ़ाजी बीच में पड़े। बड़ी क़समा-क़समी होके मिलाप हो गया। उस दिन से उस्तादजी ठीक-ठीक बताने लगे। बताते न तो करते क्या ! वह ख़ानम को इतना न समझते थे। मुझे उम्र-भर हैरत रही कि ख़ानम ज़्यादा जानती हैं या उस्तादजी, क्योंकि बहुत-सी बातें जो ख़ानम से मालूम हुईं, उस्तादजी उनको न बता सकते थे या जानबूझके न बताते थे। लाख क़समा-क़समी हो, मगर फिर भी ये लोग गुर की बातें नहीं बताते।

मुझे कुछ ऐसा शौक़ हो गया था कि जहाँ किसी बात में शक हुआ या मैं समझी कि उस्तादजी टाल रहे हैं, ख़ानम साहब से पूछ लेती थी। वह भी मेरे इस शौक़ से बहुत ही ख़ुश होती थीं। बिस्मिल्ला को लानतें दिया करती थीं। बिस्मिल्ला पर बहुत मेहनत हुई, मगर पट्ट। ठुमरी के सिवा कुछ न आया। उस पर भी मैं हावी रही। ख़ुर्शीद की आवाज़ अच्छी न थी—सूरत परी की, गला जैसे फटा बाँस। हाँ, नाचने में अच्छी थी और यही उसने सीखा भी। उसका मुजरा सिर्फ़ नाच का होता था। यूँ गाने को एक-आध चीज़ सीधी-सादी गा भी देती थी कि गाने का नाम हो जाए।

ख़ानम जान की नौचियों[1] को सिर्फ़ नाच-गाने की तालीम नहीं दी जाती थी, बल्कि लिखने-पढ़ने के लिए मकतब भी था। मौलवी साहब नौकर थे। दस्तूर के मुताबिक़ मैं भी मकतब में भेजी गई। मौलवी साहब का चमकता चेहरा, सफ़ेद कतरवाँ दाढ़ी, सूफ़ियाना कपड़े, हाथ में उम्दा फ़ीरोज़े और लाल की अँगूठियाँ, अफ़यून[2] की डिबिया-प्याली—मुझे आज तक याद हैं। क्या सुथरा मज़ाक़ था ! वज़ेदार[3] भी ऐसे कि किसी ज़माने में बुआ हुसैनी से रस्म

1. शरीफ़ और ख़ानदानवाली रंडियाँ दूसरी लड़कियों को ख़रीद लेती हैं। ये ख़रीदी लड़कियाँ नौचियाँ कहलाती हैं।
2. अफ़ीम।
3. बात का धनी, परंपरा को निभानेवाला, क़ायदे से चलनेवाला।

हो गया था, आज तक उसे निभाए जाते थे। बुआ हुसैनी भी उन्हें दीन-दुनिया का शौहर समझती थीं। बुढ़िया-बुड्ढे में इस मज़े की बातें होती थीं कि जवानों का हौसला होता था। दस रुपया ख़ानम साहब देती थीं। यह बुआ हुसैनी को मिल जाता था। खाने-पीने, हुक़्क़ा, अफ़यून, कपड़े का इंतज़ाम बुआ हुसैनी करती थीं। ख़ानम साहब भी मौलवी साहब को बहुत मानती थीं, बल्कि मौलवी साहब की वजह से बुआ हुसैनी की इज़्ज़त करती थीं।

मेरी परवरिश बुआ हुसैनी ने अपने ज़िम्मे ली थी, इसलिए मुझ पर मौलवी साहब की ख़ास तवज्जह थी। यह उन्हीं की जूतियों की बदौलत है कि जिस अमीर-रईस की महफ़िल में गई, हैसियत से ज़्यादा मेरी इज़्ज़त हुई। लायक़-फ़ायक साहबों के जलसों में मुँह खोलने की हिम्मत हुई, शाही दरबारों में शिरकत करने का मौक़ा मिला, आला दरजे की बेगमात के महलों में गुज़र हुआ। मौलवी साहब ने बहुत प्यार से पढ़ाया। अलिफ़-बे से शुरू कराके फ़ारसी की गुलिस्ताँ-बोस्ताँ तक पढ़ाया, मंतिक़[1] की दो किताबें पढ़ाईं, इमला दुरुस्त कराया, ख़त लिखाए। शेरो-शायरी का शौक़ उन्हीं से शुरू हुआ। सात-आठ बरस मैं मौलवी साहब से पढ़ती रही।

1. तर्कशास्त्र।

# पाँच

मकतब में मुझ समेत तीन लड़कियाँ थीं और एक लड़का था मिर्ज़ा गौहर। मिर्ज़ा हद का शरीर था, बदज़ात। सब लड़कियों को छेड़ा करता था। किसी को मुँह चिढ़ा दिया, किसी के चुटकी ले ली, इसकी चोटी पकड़के खींच ली, उसका कान दुखा दिया, दो लड़कियों की चोटियाँ एक में जकड़ दीं। ग़र्ज़ कि उसके मारे नाक में दम था। लड़कियाँ भी ख़ूब धपियाती थीं। मौलवी साहब भी ख़ूब-ख़ूब सज़ा देते थे। मगर वह कि अपनी आनी-बानी से न चूकता था। सबसे बढ़के मेरी गत बनाता था। मैंने भी मौलवी साहब से कह-कहके वो-वो मार पिटवाई, मगर बेग़ैरत किसी तरह बाज़ न आया। आख़िर मैं भी चुग़लियाँ खाते-खाते थक गई। मेरी फ़रियाद पर मौलवी साहब उसको ऐसी बेदर्दी से सज़ा देते थे कि खुद मुझे तरस आ जाता था।

गौहर मिर्ज़ा के इस मकतब में आने की वजह भी बुआ हुसैनी थीं। नवाब सुलतान अली ख़ाँ एक बड़े आला ख़ानदान के रईस थे। तोप दरवाज़े में रहते थे। उनका बन्नो डोमनी से रस्म था। उन्हीं से ये लड़का पैदा हुआ। नवाब साहब से मुलाक़ात बंद हुए एक अर्सा हो गया था, मगर वह लड़के की परवरिश के लिए दस रुपया महावार दिए जाते थे और बेगम साहबा से चोरी-छुपे कभी-कभी बुलाके देख भी लिया करते थे। बन्नो क़ाज़ी के बाग की रहनेवाली थीं, वहीं बुआ हुसैनी के भाई का घर था। गौहर मिर्ज़ा बचपन से ही बेहद शरीर थे, सारे मुहल्ले का नाकों-दम रखते थे। माँ ने मस्जिद में मौलवी साहब के यहाँ पढ़ने को बिठा दिया, लेकिन वहाँ भी यह हाल किया कि एक दिन मौलवी साहब मिर्ज़ा के कान पकड़े हुए बन्नो के दरवाज़े पै आए और 'लो साहब, अपना लड़का, हम इसे न पढ़ाएँगे' कहके चले गए। उस वक़्त बुआ हुसैनी अपने भाई के यहाँ गई हुई थीं। बन्नो ने कहा : भई इसको बुलाके अपने मौलवी साहब के पास ले जाओ। और दूसरे दिन बुआ हुसैनी के भाई अलीबख़्श एक थाल में मिठाई लिए गौहर मिर्ज़ा को वहाँ छोड़ गए। बुआ हुसैनी ने ख़ुशी-ख़ुशी मिठाई तक़सीम कर दी और मिर्ज़ा को मौलवी साहब के पास बिठा दिया।

गौहर मिर्ज़ा की और मेरी उम्र में कुछ ही फ़र्क़ होगा। शायद वह मुझसे

दो-एक साल बड़ा हो। उस ज़माने में मेरा सिन कोई तेरह बरस का होगा और गौहर मिर्ज़ा का चौदहवाँ साल चल रहा था। मौलवी साहब ने बहुत मारा मगर उसने मुझे सताना न छोड़ा। आख़िर मैं उसके सताने की आदी हो गई और मेरी-उसकी सुलह हो गई। एक तरह से मुझे उसके सताने में मज़ा आने लगा।

उसकी आवाज़ बहुत सुरीली थी, डोमनी का लड़का तो था ही। इधर मैं भी लै-सुर से ठीक थी। जब मकतब में मौलवी साहब न होते तो ख़ूब जलसे होते। कभी मैं गाती और वह ताल देता, कभी वह गाता और मैं ताल देती। गौहर मिर्ज़ा की आवाज़ पर और रंडियाँ भी मरती थीं। हरेक के कमरे में बुलाया जाता था। उसके साथ मेरा जाना भी ज़रूरी होता—बग़ैर मेरे उसकी संगत का लुत्फ़ न आता था।

सबसे ज़्यादा अमीर जान उसके गाने पर आशिक़ थीं। अमीर जान का वह ज़माना था जब मुफ़्तख़र-उद्दौला बहादुर की मुलाज़िम थीं—अल्लाह रे, क्या जोबन का ठाठ था, उठती जवानी थी :

खिलती-खिलती वह चंपई रंगत,
भोली-भोली वह मोहिनी सूरत।
बाँकी-बाँकी अदाएँ होशरुबा,
तिरछी-तिरछी निगाहें क़हर ख़ुदा।

बूटा-सा क़द, छरहरा बदन, नाज़ुक हाथ-पाँव। अमीर जान उस ज़माने में ऐसी थीं कि लोग उन्हें एक नज़र देखने के लिए बेताब रहते थे। मिज़ाज में इस क़दर अकड़ थी कि ऐसे-वैसों का तो ज़िक्र ही क्या, अच्छे-अच्छों की दुआ क़बूल न होती थी। ठाठ भी ऐसे ही थे। चार महरियाँ साथ थीं—एक गुड़मुड़ी लिए, एक हाथ में पंखा, एक लुटिया लिए, एक के पास ख़ासदान। ख़िदमतगार वर्दियाँ पहने सवारी के साथ दौड़ते जाते थे। अमीर जान गौहर मिर्ज़ा के गाने की आशिक़ थीं। ख़ुद तो गाना-वाना जानती न थी मगर सुनने का बड़ा शौक़ था।

गौहर मिर्ज़ा बचपने ही से रंडियों का खिलौना थे। हरेक उस पर दम देती थी। सूरत-शक्ल भी प्यार करने के क़ाबिल थी। रंग तो कुछ साँवला था मगर नाक-नक़्शा क़यामत का पाया था। उस पर नमक, शोख़ी, शरारत। सुबह से दस-ग्यारह बजे तक मौलवी साहब के पास से किसी की मजाल थी कि दम-भर के लिए कहीं खिसक जाए। जब मौलवी साहब खाने के लिए जाते थे तब हमको फ़ुर्सत मिलती थी। फिर एक-एक कमरा है और हम हैं—आज अमीर जान के पास, कल जाफ़री के कमरे में, परसों बब्बन के यहाँ। जहाँ जाओ : ख़ातिर-मदारत, मेवा-मिठाइयाँ, हुक़्क़ा-पानी।

इसी तरह मेरी ज़िंदगी ख़ानम के मकान पर गुज़र रही थी। इस दरम्यान में कोई ऐसी बात नहीं हुई जिसका बयान ज़रूरी हो। हाँ, बिस्मिल्ला की मिस्सी[1] बड़े धूम से हुई। मेरी आँखों के देखते शाही ज़माने से लेकर अब तक फिर वैसी मिस्सी नहीं हुई। दिलाराम की बारहदरी इस जलसे के लिए सजाई गई थी। अंदर से बाहर तक रोशनी थी। शहर की रंडियाँ, डोम[2], ठाड़ी[3], कशमीरी भाँड तो थे ही, दूर-दूर से डरेदार[4] तवायफ़ें बुलाई गई थीं, बड़े-बड़े नामी गवैये दिल्ली तक से आए थे। सात दिन-रात गाने-बजाने की सोहबत रही। ख़ानम ने जैसे दिल खोलके हिस्से[5] तक़सीम किए, उसका आज तक नाम है। बिस्मिल्ला ख़ानम की इकलौती लड़की थी। जो कुछ न होता कम था, और फिर नवाब छब्बन साहब ने अपनी दादी उमदतुलख़ाकान बेगम की जायदाद पाई थी। बहुत ही कमसिन नवाबज़ादे थे। ख़ानम ने ख़ुदा जाने किन तरकीबों से कम्पा मारा कि बेचारे फँस ही तो गए—नवाब साहब के पच्चीस-तीस हज़ार रुपये इस जलसे पर ख़र्च हुए। इसके बाद बिस्मिल्ला नवाब साहब की मुलाज़िम हो गईं।

जब से बिस्मिल्ला की मिस्सी हुई और ख़ुर्शीद जान और अमीर जान के कारख़ाने देखे मेरे दिल में एक ख़ास क़िस्म की उमंग पैदा हुई। जैसे ख़ुर्शीद और अमीर अपनी मिस्सी होने के बाद ख़ुर्शीद जान और अमीर जान बन गई थीं, बिस्मिल्ला भी अब बिस्मिल्ला जान बन गईं। इस रस्म से गोया उन्हें बेबाकी और आज़ादी की सनद मिल गई। अब वे मुझसे अलहदा हो गईं। मैं उनकी निगाह में छोटी हो गईं। वे मर्दों के साथ बेतकल्लुफ़ हँसी-मज़ाक़ करने लगी थीं। उनके कमरे जुदा-जुदा सजा दिए गए थे। निवाड़ के पलंग डोरियों से कसे हुए, फ़र्श पर सुथरी चाँदनी खिंची हुई, बड़े-बड़े कामदार सिंगारदान, पानदान, ख़ासदान, उगालदान क़रीने से रखे हुए, छत में छतगीरियाँ लगी हुईं, जिनके बीच छोटे झाड़ लगे हुए, इधर-उधर उम्दा हांडियाँ।

सरे-शाम से दो कँवल जल जाते हैं, दो-दो महरियाँ, दो-दो ख़िदमतगार

---

1. ख़ानदानी रंडियों के यहाँ पेशा नहीं होता, बल्कि नौकरी होती है। कभी-कभी तो एक रंडी सारी ज़िंदगी एक ही आदमी की नौकर रहती है और दूसरा आदमी उसके साथ हँसी-मज़ाक़ भले कर ले, शरीर को हाथ नहीं लगा सकता। उनके यहाँ लड़की जब जवान होने पर पहली बार नौकरी करती है तो उसी तरह से ख़ुशी मनाई जाती है और जलसे होते हैं जैसे घर-गृहस्थों में शादी के मौक़े पर। इस रस्म को मिस्सी कहते हैं।
2. नीच जाति की ख़ानदानी रंडियाँ।
3. ख़ानदानी मीरासी, तबलची और सरंगिये।
4. ऊँची जाति की ख़ानदानी रंडियाँ।
5. प्रसाद।

हाथ बाँधे खड़े हैं। ख़ूबसूरत नौजवान रईसज़ादे हर वक़्त दिल बहलाने को हाज़िर। चाँदी की गुड़गुड़ी मुँह से लगी हुई है, सामने पानदान खुला हुआ है, एक-एक को पान लगाके दे रही हैं, चुहलें हो रही हैं। उठती हैं तो लोग बिस्मिल्लाह[1] कहते हैं। चलती हैं तो लोग आँखें बिछाए देते हैं। ये हैं कि किसी की परवाह ही नहीं। जो है उन्हीं के हुक्म का पाबंद, और इनके हुक्म ऐसे होते हैं कि ज़मीनो-आसमान टल जाए मगर इनका कहना न टले। फ़रमाइशों का तो कहना ही क्या, बिना माँगे लोग कलेजा निकालके दिए देते हैं, कोई दिल हथेली पर रखे हुए है, कोई जान क़ुर्बान करता है और यहाँ किसी की नज़र क़बूल नहीं होती, कोई बात नज़र में नहीं समाती। वाई ये कि कोई जान भी दे दे तो इनके नज़दीक कोई बात नहीं। घमंड ऐसा कि सातवें आसमान की सल्तनत इनकी ठोकर पर। नाज़ वह कि किसी पर उठाए न जाएँ, पर उठानेवाले उठाते हैं। अदाएँ वे जो मार ही डालें, मगर मरनेवाले मरते हैं। इधर इसको रुलाया, उधर उसको हँसाया। किसी के कलेजे में चुटकी ली, किसी का दिल तलुओं से मसल डाला। बात-बात में रूठ जाती हैं, लोग मना रहे हैं, कोई हाथ जोड़ रहा है, कोई मिन्नत कर रहा है। वायदा करती हैं और मुकर जाती हैं, क़सम खाती हैं और भूल जाती हैं।

इनके यह करिश्मे देख-देखके मेरे दिल पर जो गुज़रती थी, मैं ही जानती हूँ। औरत को औरत से जो डाह होती है उसकी हद नहीं। मेरा दिल चाहता था कि सबके चाहनेवाले मुझी को चाहें और सबके मरनेवाले मुझी पै मरें, न किसी की तरफ़ आँख उठाके देखें न किसी पै जान दें। मगर मेरी तरफ़ कोई फूटी आँख भी नहीं देखता था। बुआ हुसैनी की कोठरी थी, जिसकी दीवारें-छतें धुएँ से काली थीं। उसी में एक तरफ़ झींगा पलंग पड़ा था जिस पर बुआ हुसैनी और मैं, दोनों पड़ रहते थे। एक तरफ़ चूल्हा बना हुआ था और एक कोने में खाना पकाने का सामान रखा रहता था। एक छोटा-सा दीवट पलंग के सहारे रखा हुआ था, जिस पर चिराग़ रख दिया जाता था। चिराग़ में पतली सूत की बत्ती पड़ी थी। मुआ अंधा-अंधा जलता था। इस कोठरी की सजावट के लिए दो छींके भी थे—एक में प्याज़ रहती थी और दूसरे में सालन-दाल की पतीली। प्याज़ का छींका तो चूल्हे के ऊपर पड़ता था, लेकिन खानेवाला छींका ठीक पलंग के ऊपर था—गोया खाना मेरे सीने पर धरा रहता था।

सुबह से ग्यारह बजे तक मौलवी साहब की कमचियाँ और शाम से नौ बजे तक उस्ताद की झिड़कियाँ और गज़ों की मार—यही मेरे नसीब में था। मगर मैं फिर भी अपनी करतूतों से बाज़ नहीं आती थी। पहले-पहले शीशा

1. अल्लाह का नाम लेकर काम शुरू करना।

देखने का शौक़ हुआ। मेरा सिन चौदह बरस का था। उधर हुसैनी बुआ कोठरी से टलीं और मैंने उनकी पिटारी से आईना निकाला और अपनी सूरत देखने लगती। अपना नाक-नक़्शा दूसरी रंडियों से मिलाती तो मुझे अपने चेहरे-भर में कोई चीज़ दूसरों से बुरी न मालूम होती थी, बल्कि अच्छी ही लगती थी। हालाँकि हक़ीक़त यह है कि मैं दूसरों से ज़्यादा ख़ूबसूरत न थी। मगर उस वक़्त मेरा ऐसा ही ख़याल था। यह ख़याल मेरी जान के लिए आफ़त बन गया। मैं दिल-ही-दिल में कहती कि हाय, मुझमें क्या बुरा है, कोई मेरी तरफ़ नहीं देखता ! यह नहीं कि किसी का ध्यान मेरी तरफ़ न जाता हो। लेकिन मेरी मिस्सी नहीं हुई थी और ख़ानम से लोग डरते थे, इसलिए मुझसे बोलने की हिम्मत नहीं करते थे। मगर मुझमें इतनी तमीज़ कहाँ थी, मैं तो अपनी हमजोलियों को देख-देखके फुकी जाती थी।

ऐसे वक़्त गौहर मिर्ज़ा ग़नीमत मालूम होता था। वह मुझसे प्यार की बातें करता था, मैं उसको छेड़ती और वो मुझे छेड़ता था। मैं उसे अपना चाहनेवाला समझती थी और वह भी उन दिनों मुझको चाहता था। जब सुबह मकतब में आता, कहीं दो नारंगियाँ जेब में पड़ी हैं जो चुपके से मुझे दे दीं, कभी सोहन हलवे की टिकिया लेता आया जो मुझको खिला दी। एक दिन नहीं मालूम कहाँ से एक रुपया ले आया, मुझे हवाले कर दिया। हज़ारों रुपये मैंने ज़िंदगी में अपने हाथ से उठाए होंगे मगर इस एक रुपये को पाने की ख़ुशी कभी न भूलूँगी। यह रुपया मैंने बहुत दिनों तक सँभालके रखा था। कभी ख़र्च करने की ज़रूरत भी न आई तो यह ख़याल हुआ कि ख़र्च करूँगी तब पूछा जाएगा कि कहाँ से आया, तो क्या बताऊँगी। बात छुपाने की समझ मुझे आ गई थी और यह समझ एक उम्र को पहुँचकर ही आती है।

# छह

उसी बरसात के दिनों की बात है। आसमान पर घटा छायी हुई थी। पानी तले धार ऊपर धार बरस रहा था। बिजली चमक रही थी। मैं बुआ हुसैनी की कोठरी में अकेली पड़ी थी। बुआ हुसैनी ख़ानम के साथ हैदरी के घर गई हुई थीं। अँधेरा हो गया और अँधेरा भी क्या कि हाथों-हाथ नहीं सूझता था। और कमरों में जश्न हो रहे थे। कहीं से गाने की आवाज़ आ रही थी, कहीं से क़हक़हों की गूँज। एक मैं हूँ कि इस अँधेरी कोठरी में अकेली रो रही हूँ; कोई आस-पास नहीं। जब बिजली चमकती तो मेरे दिल में क्या गुज़रती थी, मैं ही जानती हूँ। इसी हालत में आँख लग गई। इतने में यह मालूम हुआ कि किसी ने ज़ोर से मेरा हाथ पकड़ लिया। मेरी घिग्घी बँध गई और मैं बेहोश हो गई।

सुबह को चोर की ढुँढ़ाई हुई। वह कहाँ मिलता है ! ख़ानम ने मुँह फुला लिया, बुआ हुसैनी बड़बड़ाती फिरीं। मैं ठगी-मारी-सी चुपकी बैठी रही। सब पूछ-पूछके थक गए कि कौन था। मैं क्या बताती। ख़ानम की उस दिन की ख़ामोशी और बुआ हुसैनी की उदासी जब मुझे याद आती है तो बहुत हँसी आती है। ख़ानम एक ही लक्खा बेसवा थीं। मामले को इस तरह दबा दिया जैसे कुछ हुआ ही न था और वो-वो इंतज़ाम और तदबीरें कीं कि शायद-वायद। किसी आँख के अंधे और गाँठ के पूरे की तलाश शुरू हुई। आख़िर एक हुद-बुद फँस ही गया।

बाहर के किसी अफ़सर के साहबज़ादे थे। पढ़ने के लिए लखनऊ तशरीफ़ लाए थे। घर से ख़ुशहाल थे। वालिद मरहूम रिश्वत व नज़राने से एक बड़ा इलाक़ा इनके ख़र्च के लिए छोड़ गए थे। कुछ रोज़ यहाँ आके अच्छे रहे। फिर जो लखनऊ की हवा लगी तो तमाशबीनी के इल्म में होशियार हो गए। नाम था राशिद अली और राशिद तख़ल्लुस करते थे। लखनऊ के किसी उस्ताद ने शागिर्द बना लिया था। तख़ल्लुस पर बहुत घमंड करते थे। जो मुलाज़िम साथ आए थे, रक्खन मियाँ कहते थे। लखनऊवालों ने इनको राजा का लक़ब दे दिया। मगर इस नाम और लक़ब में किसी क़द्र देहातीपन था और आप लखनऊ के अंदाज़ में चलना चाहते थे। इसलिए थोड़े दिनों में

नवाब साहब बन गए। जब घर से आए थे, दाढ़ी मुँह पर थी। लखनऊ की हवा लगते ही पहले कतरवाँ हुई, फिर ख़शख़श और थोड़े दिनों में बिलकुल सफ़ाया हो गया। दाढ़ी मुँड़ने से चेहरा बदनुमा हो गया मगर आप अपने को बहुत हसीन समझते थे।

ख़ुद ही बहुत तबीयतदार आदमी थे; फिर लायक़ दोस्तों का साथ। चंद ही दिनों में ऊँचे-ऊँचे कमरों तक पहुँच हो गई। पहुँच कैसी, बेतकल्लुफ़ी बढ़ गई। नायिकाओं का बड़ा अदब करते थे। जिस रंडी से एक रात का भी वास्ता हो गया, उसकी नायिका को सबके सामने अम्माँ जान कहते थे और झुकके तस्लीम करते थे ताकि यारों पर ज़ाहिर हो जाए कि आप यहाँ के आनेवालों में हैं। गाने में भी आपको कमाल हासिल था। ठुमरियाँ ख़ुद लिखते थे, ख़ुद धुन बनाके गाते थे और ख़ुद ही भाव बताते थे और तो जो कुछ था, मुँह से तबला ख़ूब बजाते थे। घर से बेरोक-टोक रुपया चला आता था। माँ बेचारी यह समझके कि लड़का पढ़ने गया है, जो मँगाते भेज देतीं। लखनऊ के बेफ़िकरे सफ़ेदपोश, ऐशपसंद मुफ़्तख़ोरों का साथ था।

इन्हीं यारों के कहने-सुनने से मेरे बारे में ख़याल पैदा हुआ जिसे बढ़ाके इश्क़ और उसके बाद पागलपन तक पहुँचाया गया। ख़ानम खिंची रहीं, कहती रहीं कि लड़की अभी कमसिन है। बड़ी आरज़ू-मिन्नत के बाद पाँच हज़ार पर तोड़ हुआ। आप रुपया लेने के लिए गाँव गए और माँ से छुपाके दो गाँव रेहन रखके बीस-पच्चीस हज़ार रुपया लेके लखनऊ आए। दीवानजी की मारफ़त पाँच हज़ार रुपया ख़ानम के ख़ज़ाने में आ गया। बुआ हुसैनी ने हाथ-पाँव फैलाए, पाँच सौ नज़र-न्याज़ के नाम पर ले मरीं। मैं उनके सर मढ़ी गई। छह महीने लखनऊ रहे, सौ रुपया माहवार देते रहे, फ़रमाइशों का ज़िक्र नहीं। जो कुछ मुझे ख़ुफ़िया दिया वह बुआ हुसैनी के पास रहता था, ख़ानम को उसकी ख़बर न थी। अब मैं गोया आज़ाद हो गई। दो महरियाँ, दो ख़िदमतगार मेरे लिए ख़ास मुलाज़िम हुए। फाटक के पासवाला कमरा मेरे रहने के लिए सजा दिया गया। दो-चार मर्द आदमी, शरीफ़ज़ादे, मेरे पास भी आके बैठने लगे।

गौहर मिर्ज़ा बराबर आता रहा। ख़ानम और बुआ हुसैनी उसकी सूरत से नफ़रत करती थीं। लेकिन मुझे उससे मुहब्बत थी, इसलिए कोई उसे रोक नहीं सकता था। उसके वालिद चल बसे थे, ख़र्च मिलना बंद हो गया था और बन्नो बुढ़िया हो गई थी, कोई पूछता न था। मिर्ज़ा के ख़र्चे का इंतज़ाम मेरे ज़िम्मे था। सब रंडियों का क़ायदा है कि एक-न-एक को अपना बनाए रखती हैं। ऐसे आदमी के बहुत फ़ायदे होते हैं। जब कोई न हुआ तो उससे दिल बहला लिया। सौदे-सुल्फ़ का आराम रहता है—नौकर से मँगाओ तो कुछ-न-कुछ खा जाएगा, मगर ये मारे ख़ैरख़्वाही के अच्छी-से-अच्छी चीज़

शहर-भर से ढूँढ़के सस्ते में ला देगा। बीमार पड़ो तो हद से ज़्यादा ख़िदमत करता है। और फिर दोस्त-आशनाओं से तारीफ़ करते रहते हैं, चुरकट फँसाके लाते हैं। नाच-मुजरे में साथ ले जाओ तो महफ़िल में बैठके तुम्हारा रंग जमाते हैं। किसी रईस से पाला पड़ जाए तो यह जताकर कि इसकी पाबंद हूँ, उसे मुक़ाबले पर लाया जा सकता है, मुक़ाबले में आ जाए तो यह कहके कि 'वह तो हमेशा के हैं, आप क्या निबाहिएगा' उसे बनाया जा सकता है। तमाशबीन भी दबते हैं, झगड़ा-तकरार हो जाए तो अपना आदमी बाँके-तिरछे[1] जमा कर लेता है। नायिका पर भी दबाव रहता है, क्योंकि वह डरती है कि रंडी कहीं उस आदमी के घर न जा बैठे।

अमीर जान काज़िम अली पर मरती थी। बरसों अपने पास से रुपया दिया। एक बार पाँच सौ के कड़े उतारके दे दिए और सुबह को शोर मचा दिया कि कोई उतार ले गया। उसके घर-भर की रोटियाँ अमीर जान पर थीं। बिस्मिल्ला के कोई आशना न था। उसकी तबीयत में सुफलापना था, पाबंद नहीं हो सकती थी। ख़ुद ख़ानम साहब पचास-पचपन बरस के सिन में मीर औलाद अली पर जान देती थीं। मीर साहब का सिन अट्ठारह-उन्नीस बरस का था, ख़ूबसूरत, कसरती जवान थे, अच्छे-अच्छों की निगाह पड़ती थी, लेकिन ख़ानम का रोब ऐसा था कि क्या मजाल कोई उनसे बात कर ले ! बेचारे ग़रीब आदमी थे। ख़ानम की बदौलत सारा कुनबा पलता था। ख़ानम ने डेढ़ हज़ार रुपया लगाके उनकी शादी कर दी थी, लेकिन सिवा शादी की रात के मीर साहब को कभी रात घर पर गुज़ारना नसीब न हुआ। दिन-रात ख़ानम के यहाँ रहते थे, घड़ी-दो घड़ी को घर हो आते थे।

एक और मिर्ज़ा साहब थे। कोई सत्तर का सिन था, कमर झुकी हुई, न मुँह में दाँत न पेट में आँत। ख़ानम साहब के पुराने आशनाइयों में थे। अब उनसे वास्ता न था मगर घरवालों की तरह थे। खाना, कपड़ा, अफ़यून, गन्ना, रेवड़ियों का पूरा ख़र्च ख़ानम उठाती थीं। ख़ुर्शीद जान प्यारे साहब पर जान देती थीं। मुँह लटकाए बैठी थीं। प्यारे साहब की शादी थी और इन पर ग़म सवार था। ख़ानम साहब कहने लगीं, "जाओ छोकरियो, इस ज़माने की मुहब्बतें किस तरह की हैं, एक हमारा ज़माना था, देखो मिर्ज़ा साहब को, जवानी में मुझसे आशनाई हुई, माँ-बाप ने शादी करनी चाही, आप **माँझे** का जोड़ा[2] पहनके मेरे पास आए, मैंने जोड़ा फाड़ फेंका और हाथ पकड़के बैठ गई कि जाने न दूँगी, उस दिन से घर नहीं गए, कहो कोई है ऐसा तुम्हारा भी ?" हम सबने सिर झुका लिया।

---

1. गुंडे।
2. शादी के कपड़े।

# सात

यूँ तो मैं पहले-पहल बिस्मिल्ला की मिस्सी में नाची-गायी थी, मगर मेरा पहला मुजरा नवाब शुजाअत अली ख़ाँ के लड़के की शादी में हुआ। वह महफ़िल भी यादगार थी। नवाब की बारहदरी किस शान से सजी थी—बेशक़ीमती शीशों के आलों की रोशनी से रात को दिन हो गया था। अतर और फूलों की ख़ुशबू से तमाम महफ़िल बसी हुई थी। धुआँधार हुक़्क़ों की ख़ुशबुओं, गिलौरियों की महक से दिमाग़ तर थे। मेरा सिन कोई चौदह बरस का था।

उस ज़माने में बड़ौदे से एक बाईजी आई हुई थीं। तमाम शहर में उनके गाने की धूम थी। बड़े-बड़े गवैये कान पकड़ते थे। मालूमात ऐसी कि गोया पोथियाँ उनकी ज़बान की नोक पै थीं। गला वह कि चार मुहल्ले उधर आवाज़ जाए। मगर वाह ख़ानम साहब, क्या रंग देखती थीं कि उनके बाद मुझे खड़ा कर दिया। मुझे तो क्या तमीज़ थी, मगर समझदार लोग हैरान थे कि ख़ानम साहब क्या करती हैं, भला बाईजी के सामने इस छोकरी का रंग जमेगा !

पहले गत शुरू हुई। इसमें महफ़िल कुछ मेरी तरफ़ झुकी। मेरी भी उठती जवानी थी। सूरत अच्छी न थी मगर उस वक़्त की फुरती, चातुरी, अल्हड़पन। कुछ न पूछो शबाब का आलम,[1] क्या कहूँ कुछ अजब ज़माना था।

गत थोड़ी ही देर नाची हूँगी कि ख़ानम साहब ने ये ग़ज़ल शुरू करा दी :

> आज इस बज़्म[2] में वो जलवानुमा[3] होता है;
> देखिए-देखिए इक आन में क्या होता है।

इस ग़ज़ल के शुरू करते ही महफ़िल ऊपर-नीचे हो गई। इसके बाद का शेर इक ज़रा बताके जो गाया, महफ़िलवाले झूमने लगे :

---

1. जवानी का ज़माना।
2. महफ़िल।
3. दिखाई देती है।

नाला रुकता है तो सरगरमे जफ़ा होता है;[1]
दर्द थमता है तो बेदर्द ख़फ़ा होता है।

और इस शेर ने तो क़यामत ही ढा दी :

फिर नज़र झेंपती है आँख झुकी जाती है;
देखिए-देखिए फिर तीर ख़ता[2] होता है।

इस शेर का यह हाल कि जिससे नज़र मिलाके गाया नज़र न उठा सका :

बुतपरस्ती[3] में न होगा कोई मुझ-सा बदनाम;
झेंपता हूँ जो कहीं ज़िक्र-ए-ख़ुदा होता है।

सोचिए कि इस शेर का आशिक़ मिज़ाजों पर क्या असर हुआ होगा :

इश्क़ में हसरते-दिल का तो निकलना क्या;[4]
दम निकलने में भी कमबख़्त मज़ा होता है।

फिर ये शेर पढ़ा :

हिज्र में नालो-फ़रियाद से बाज़ आ;[5]
ऐसी बातों से वह बेदर्द ख़फ़ा होता है।

तमाम पर रंग जम गया। हर लफ़्ज़ पर वाह-वाह, हर सम पर अहाहा-अहाहा। एक-एक शेर आठ-दस मरतबा पढ़ाया गया। इस ग़ज़ल पर मेरा मुजरा ख़त्म हुआ। दूसरे मुजरे में फिर यही गवाई गई।

मुजरे के दूसरे दिन बुआ हुसैनी मेरे कमरे में आईं। साथ में एक ख़िदमतगार था। इतना कहके कि "देखो उमराव साहब, यह क्या कहता है," वह कमरे से बाहर जा बैठीं।

ख़िदमतगार ने (सलाम करके) कहा, मुझे नवाब सुलतान साहब ने भेजा है, जो कल रात दूल्हा के दाहिनी तरफ़ बैठे थे। उन्होंने फ़रमाया है कि मैं किसी वक़्त आपके पास आना चाहता हूँ, लेकिन शर्त यह है कि जब मैं आऊँ तो कोई और न हो और उस ग़ज़ल की नक़ल माँगी है जो कल आपने गायी थी।

मैं : नवाब साहब से मेरी तस्लीम कहना और कहना कि शाम को जब चाहिए तशरीफ़ लाइए, आपका घर है, तख़लिया[6] हो जाएगा। ग़ज़ल के लिए

---

1. रोना बंद होता है तो माशूक़ (जिससे प्यार किया जाए) ज़ुल्म करने लगता है।
2. चूकता है।
3. मूर्त्तिपूजन, उर्दू कविता में सौंदर्यपूजन के अर्थ में प्रयोग होता है।
4. अर्थात्, प्रेम में मन की इच्छाओं का निकलना तो दूर रहा, दम निकलने से भी बहुत आनंद प्राप्त होता है।
5. वियोग में रोना-धोना न कर और न शिकायत-दुहाई कर, क्योंकि यह प्रेमिका को पसंद नहीं।
6. एकांत।

कल किसी वक़्त आना, लिख दूँगी।

दूसरे दिन पहर दिन चढ़े ख़िदमतगार आया। मैं कमरे में अकेली बैठी थी। ग़ज़ल की नक़ल मैंने कर रखी थी, उसके हवाले की। उसने पाँच अशरफ़ियाँ कमर से निकालके मुझे दीं और कहा, "नवाब साहब ने फ़रमाया है कि आपके लायक़ तो नहीं है मगर पान खाने के लिए मेरी तरफ़ से क़बूल कीजिए। आज रात चिराग़जले बाद मैं ज़रूर आऊँगा।"

ख़िदमतगार सलाम करके चला गया तो मुझे ख़याल हुआ कि बुआ हुसैनी को बुलाके ये अशरफ़ियाँ दे दूँ, वो ख़ानम के हवाले कर देंगी। फिर एक दफ़े जो अशरफ़ियों की तरफ़ देखा—चमकती हुई नए घान की अशरफ़ियाँ, भला मेरे दिल से कब निकलती हैं ! संदूक़चा-वंदूक़चा तो मेरे पास न था, पलंग के नीचे दबा दीं।

दूसरे रोज़ रात होते ही नवाब साहब आए! बुआ हुसैनी से मामूली बातचीत के बाद ख़र्च तय करके तख़लिया हो गया। मालूम हुआ कि नवाब साहब ने मुझे नौकर नहीं रखा, सिर्फ़ यह तय हुआ कि कभी-कभी रात को घड़ी-दो घड़ी के लिए आया करेंगे। नवाब साहब बहुत कम बोलते थे। बड़े भोले-भाले मालूम होते थे। सिन था कोई अट्ठारह-उन्नीस का। माँ-बाप के दबाव में थे। दुनिया के जाल-फ़रेब से बिलकुल आगाह न थे। जो बात ख़िदमतगार ने कह दी थी, न ही कही होती तो वह खुद अपनी ज़बान से न कह पाते मगर मैंने थोड़ी देर में बिलकुल बेतकल्लुफ़ बना लिया।

मैंने बहुत-सी लगावट की बातें कीं। बिलकुल उनकी चाहनेवाली बन गई। इसमें कुछ सच था, कुछ झूठ। सच इसलिए कि हर औरत की ज़िंदगी में वह ज़माना आता है जब उसका दिल करता है, कोई उसे चाहे, वह किसी को चाहे। यह बात ज़िंदगी-भर नहीं रहती, जवानी के शुरू में होती है। गौहर मिर्ज़ा बेशक मेरा चाहनेवाला था, मगर उसकी चाहत दूसरी तरह की थी। वह डोमनी की औलाद, मेरे ऊपर रहता था। मेरा दिल मर्दाना हिम्मत ढूँढ़ता था, चाहता था कोई मेरे नाज़ उठाए और फिर नवाब साहब की सूरत-शक्ल पर ऐसा रोब था कि हर औरत उन पर हज़ार दिल से मर सकती थी। कोई औरत कैसी भी पत्थर-दिल क्यों न हो, उनकी तरफ़ झुके बिना न रह सकती थी—वह सूरत-शक्ल, कसरती बदन, ऊपर से भोली-भाली बातें, शेरो-शायरी।

उस रात की सोहबत बड़े मज़े की रही। शेरो-शायरी की बातें होती रहीं। वह ख़ानदानी शायर थे। खुद शेर पढ़ते थे और मेरे शेर व हाव-भाव की तारीफ़ करते थे। लेकिन सारा मज़ा किरकिरा हो गया। एक साथ कमरे का दरवाज़ा धड़ाक से खुला और एक साहब पचास-पचपन का सिन, काली रंगत, बड़ी दाढ़ी, तिरछी पगड़ी, कमर बँधी हुई, कटार लगी हुई कमरे में घुस आए और आते ही बहुत बेतकल्लुफ़ी से मेरा पाँव दबाके बैठ गए। नवाब

साहब ने मेरी तरफ़ देखा, मैंने सर झुका लिया, काटो तो बदन में ख़ून नहीं। कहाँ तो नवाब साहब से यह वायदा कि तख़लिया रहेगा, कहाँ यह बला आ टपकी, जिसे मैं जानूँ न पहचानूँ। उसकी सूरत से ख़ून टपक रहा था, गोया मेरी जान के लिए दिलावर ख़ाँ हो। मेरा दिल काँपने लगा, लगा कि उसकी कमर में जो कटार लटक रही है या तो मेरे कलेजे में आर-पार होगी या ख़ुदा न चाहे नवाब साहब के लगेगी। मैं दिल-ही-दिल उसको कोसने लगी, ख़ुदा ग़ारत करे, मुआ कहाँ से आ गया ! कुछ न बन पड़ा तो बुआ हुसैनी को आवाज़ दी।

बुआ हुसैनी ने जो मामला देखा, समझ गईं। शायद इन साहब को पहचानती थीं, कहने लगीं, "ख़ाँ साहब, मुझे आपसे कुछ अर्ज़ करना है, इधर तशरीफ़ लाइए।"

ख़ाँ साहब : जो कुछ कहना है कि वहीं से कहो, हम लोग कहीं बैठके उठते नहीं।

बुआ हुसैनी : तो कोई ज़बरदस्ती है ?

ख़ाँ साहब : इसमें ज़बरदस्ती क्या, रंडियों के मकान पर किसी...का इजारा नहीं, और है तो ज़बरदस्ती ही सही, हम तो नहीं उठते। देखें कौन ...हमें उठाता है !

बुआ हुसैनी : इजारा क्यों नहीं, जो दाम ख़र्चेगा रंडी उसकी है, फिर उस वक़्त कोई नहीं आ सकता।

ख़ाँ साहब : तो दाम ख़र्चने के लिए हम हाज़िर हैं।

बुआ हुसैनी : अच्छा तो इस वक़्त कोई मौक़ा नहीं, फिर तशरीफ़ लाइएगा।

ख़ाँ साहब : औरत कुछ वाही हुई है। कह दिया नहीं उठते।

बुआ हुसैनी ने मुझसे कहा, "बेटी, अच्छा तुम ही उठके उधर चली जाओ। नवाब साहब, आपके आराम का वक़्त हो गया, कोठे पर तशरीफ़ ले चलिए।"

मैंने उठने का इरादा किया तो उस निगोड़-मारे ने ज़ोर से मेरा हाथ पकड़ लिया। अब मैं क्या करती ! मैंने देखा, नवाब साहब का चेहरा गुस्से से लाल हो रहा था, मगर ख़ामोश बैठे थे। अब बोले, "ख़ाँ साहब, हाथ छोड़ दीजिए, इसी में ख़ैरियत है। आप बहुत-कुछ ज़्यादतियाँ कर चुके हैं। मैं ख़ामोश बैठा रहा हूँ, सिर्फ़ यह सोचकर कि रंडी के मकान पर झगड़ा करना अच्छा नहीं। मगर अब..."

ख़ाँ साहब : मगर अब तुम क्या कर सकते हो ? देखें तो कौन...रंडी का हाथ छुड़ाता है !

मैंने हाथ झटककर कहा, "अच्छा, हाथ छोड़ दीजिए, मैं कहीं नहीं जाती।" वाक़ई मैं नवाब को छोड़कर हर्गिज़ न जाती। उसने हाथ छोड़ दिया।

नवाब साहब ने कहा, "ज़रा ज़बान सँभालकर बात कीजिए, मालूम होता है, शरीफ़ों की सोहबत नहीं उठाई।"

ख़ाँ साहब : तुमने तो शरीफ़ों की सोहबत उठाई है, जो कर सकते हो कर लो।

बात बढ़ती चली गई। नवाब ग़ुस्से से काँप रहे थे, मगर वह भी शराफ़त से, उस पाजी ने कितना सख़्त-सख़्त कहा और नवाब साहब की ज़बान से आप-ही-आप निकल रहा था। पहले तो मैं समझी कि शायद नवाब डर गए। मगर मेरा ख़याल ग़लत निकला, वाक़ई उनको अपनी इज़्ज़त का ख़याल था। जब बात सहूलियत से रफ़ा-दफ़ा होते न देखी तो कहा, "अच्छा, उठिए ख़ाँ साहब, रंडी के कोठे पर झगड़ा करने से क्या फ़ायदा, हम दोनों यहाँ से चले चलें और ऐशबाग़ में चलकर हमारे आपके दो-दो हाथ हो जाएँ।"

ख़ाँ साहब ने क़हक़हा लगाकर जवाब दिया, "बच्चे हो, अभी तुम खुद मुँह चूसने लायक़ हो। मर्दों से लड़ने का हौसला करोगे तो कहीं चरका खा जाओगे, अम्माँ जान रोती फिरेंगी।"

नवाब साहब ने तमतमाके कहा, "मर्दुए, अब तेरी बदज़बानी हद को पहुँच गई है, देख अब, तुझे गुस्ताख़ी की सज़ा देता हूँ।" यह कहते-कहते नवाब ने दुलाई के अंदर से हाथ निकाला। हाथ में तमंचा था। दन्न से दाग़ दिया। ख़ाँ साहब धम्म से गिर पड़े। सन्न-सी हो गई। फ़र्श पर ख़ून-ही-ख़ून नज़र आता था। बुआ हुसैनी जहाँ-की-तहाँ खड़ी रह गईं।

तमंचे की आवाज़ सुनके ख़ानम साहब, मिर्ज़ा साहब, मीर साहब, ख़ुर्शीद जान, अमीर जान, बिस्मिल्ला जान, नौकर, महरियाँ, तू-मैं, सब दौड़े आए। नवाब साहब का नौकर अधेड़-उम्र शमशेर ख़ाँ भी आ गया। उसने नवाब साहब के हाथ से तमंचा ले लिया। कहा, "हुज़ूर, अब आप घर तशरीफ़ ले जाइए, मैं सँभाल लूँगा।"

नवाब : मैं नहीं जाता। अब जो कुछ हुआ और जो कुछ होना होगा, हो जाएगा।

शमशेर ख़ाँ ने कमर से छुरी निकालकर कहा, "जनाब, अमीर अलस्सलाम[1] की क़सम, अभी इसे कलेजे में मार लूँगा, नहीं तो ख़ुदा के लिए आप चले जाइए। आपका यहाँ ठहराना अच्छा नहीं है।"

इतने में लोगों ने देखा, ख़ाँ साहब के गोली कहाँ लगी है। मालूम हुआ कि जान की ख़ैरियत है, बाज़ू में गोली लगी थी। शमशेर ख़ाँ ने कहा, "मैं अर्ज़ करता हूँ कि हुज़ूर तशरीफ़ ले जाएँ, इस मर्दुए को हुआ ही क्या है, आप क्यों बदनाम हों !"

---

1. हज़रत पैग़ंबर को मेरा सलाम है, उनकी क़सम।

नवाब साहब भी कुछ सोचके उठे। एक आदमी हमारे यहाँ से साथ किया गया। घर तशरीफ़ ले गए। ख़ानम साहब ने उसी वक़्त चौक से एक साहब को बुलवाया। वह आके कहने लगे, "होगा कोई, मर्दुए को कमरे के नीचे फेंक दो, समझ लिया जाएगा।"

ख़ाँ साहब को कमरे से नीचे फेंका गया, बाज़ू पर पट्टी बाँधी गई, डोली बुलवाई गई। ख़ाँ साहब को कुछ होश आया। घर का पता बताया। डोलीवाले कहारों को समझाया गया कि उनके मकान के क़रीब ख़ाँ साहब को उतारके चले आएँ।

सुलतान साहब कई दिन तक न आए, न उनका आदमी आया। मुझे यक़ीन था कि वज़ेदार आदमी हैं, अब न आएँगे। वाक़ई वह न आए। मुझे उनसे मोहब्बत हो गई थी, लेकिन सारा खेल बिगड़ गया। इत्तफ़ाक़ से पाँच-छः दिन बाद एक बारात में मेरा मुजरा था। वहाँ गई तो देखा नवाब साहब भी मौजूद हैं। मेरा पहला मुजरा नौ बजे रात को शुरू हुआ। महफ़िल में बात करना तो क्या, इशारे-किनाए का भी मौक़ा न था। एक लड़का गोरा-गोरा कोई नौ बरस का होगा, भारी कपड़े पहने उनके पास बैठा था। मेरा मुजरा हो चुका था, अलग कमरे में पिशवाज़ उतार रही थी। वह लड़का किसी ज़रूरत से उठा, मैंने उसे इशारे से बुलाया, पास बिठाया, एक पान लगाके दिया। पूछा, "वह जो तुम्हारे पास बैठे हैं, उन्हें जानते हो ?"

लड़का : हाँ, हमारे बड़े भाई हैं।

मैं : अच्छा, हम कुछ दें, तो उन्हें दे दोगे ?

लड़का : कहीं मुझ पर ख़फ़ा न हों।

मैं : नहीं होंगे।

एक काग़ज़ का पर्चा फ़र्श पर पड़ा था। मैंने उस पर कोयले से यह शेर लिख दिया :

> मुद्दतों से हम हैं महरूमे - अताब;
> बज़्म में आज उनको छेड़ा चाहिए।

और उसे समझा दिया कि आँख बचाके काग़ज़ उनके सामने रख देना, उन्हें मालूम भी न होगा। लड़के ने ऐसा ही किया। मैं कमरे के पट की आड़ से झाँक रही थी। नवाब साहब ने वह काग़ज़ उठाया। पढ़ा तो पहले तो चेहरे पर कुछ फ़िक्र की झलक दिखाई दी, फिर थोड़ी देर पर्चे को ग़ौर से देखते रहे और इसके बाद मुस्कराके जेब में रख लिया। शमशेर ख़ाँ को इशारे से बुलाया, कान में कुछ कहा। कोई घंटा-भर के बाद शमशेर ख़ाँ कमरे में आया, कहा, "नवाब साहब ने कहलाया है कि उस पर्चे का जवाब घर जाकर लिख भेजेंगे।"

दूसरे रोज़ दिन-भर इंतज़ार किया। चिराग़जले बाद वह आया। नवाब

का पर्चा दिया, लिखा था : 'तुम्हारे शेर ने उस आग को, जो दिल में दबी हुई थी, कुरेदकर उभार दिया। वाक़ई मुझे तुमसे बहुत मुहब्बत हो गई है। मगर अपनी वज़े से मजबूर हूँ, तुम्हारे मकान पर अब हर्गिज़ न आऊँगा। मेरे एक दोस्त हैं, तुम्हें वहाँ बुला भेजूँगा। फ़ुरसत हो तो चली आना। यही एक सूरत मिलने की है, वह भी नौ-दस बजे रात तक।'

शबे-विसाल की कोताहियों का शिकवा क्या,
यहाँ तो एक नज़र देखने के लाले हैं।[1]

नवाब साहब कभी ख़ानम के मकान पर नहीं आए। हफ़्ते में दो-तीन बार अपने दोस्त के यहाँ बुला भेजते थे। अजीब मज़े की सोहबत रहती थी। कभी शेरो-शायरी का चर्चा होता, कभी वह गाते कभी मैं। जब याद आता है, उन जलसों की तस्वीर आँखों के सामने आ जाती है। मुझे उनसे, उन्हें मुझसे मुहब्बत थी। दोनों की तबीयतें कुछ ऐसी मिलती थीं कि अगर उम्र-भर का साथ होता तो अफ़सोस न होता। जैसा उनसे दिल मिला, कभी किसी और से न मिला। मगर क़िस्मत ने साथ न दिया। वे जलसे बहुत जल्द ख़त्म हो गए। हम लोग अलग हो गए।

1. मिलन की रात को जो कमियाँ रह गईं उनकी अब क्या शिकायत की जाए, जब कि एक नज़र देखने के लाले पड़ गए हैं।

# आठ

इसी ज़माने में मैं नवाब जाफ़र अली ख़ाँ साहब की मुलाज़िम हो गई। सिन कोई सत्तर के क़रीब था, मुँह में एक दाँत न था, कमर झुक गई थी, सर में एक बाल काला न था, मगर अपने को प्यार करने में लायक़ समझते थे। हाय, वह उनका केंचली का अँगरखा और गुलबदन का पाजामा जिसका नेफ़ा लाल, सलमेदार टोपी, जुल्फ़ें बँटी हुईं; उम्र-भर न भूलूँगी।

इस उम्र में और ऐसी हालत में रंडी नौकर रखना उस ज़माने का फैशन था। कोई अमीर-रईस ऐसा न होगा जिसके पास रंडी न हो। नवाब साहब की महफ़िल में जहाँ शानो-शौकत के सामान थे वहाँ सलामती मनाने के लिए रंडी भी थी। पचहत्तर रुपये महावार मिलते थे। दो घंटे साथ रहके चली आती थी। इस उम्र में भी उनके तकल्लुफ़ यह थे कि क्या मजाल, नौ बजे के बाद दीवानख़ाने[1] में बैठ सकें। बूढ़े हो गए थे लेकिन किसी दिन इत्तफ़ाक़ से देर हो जाए तो खिलायी[2] आके ज़बरदस्ती उठा ले जाती थी। नवाब साहब की माँ ज़िंदा थीं, उनसे उसी तरह डरते थे जैसे पाँच बरस का बच्चा डरता है। बीवी से भी बेहद मुहब्बत करते थे। बचपन में शादी हुई थी, लेकिन सिवाय उन दिनों के जब मज़हब की इजाज़त न थी, जैसे मुहर्रम, क्या मजाल जो कभी अलग सोए हों !

इस बुढ़ापे में भी वह बेशक प्यार करने के क़ाबिल थे। जिस वक़्त सोज़[3] पढ़ते थे, दिल लोट जाता था। गाने में उनको कमाल था, अच्छे-अच्छे गवैयों को रोक देते थे। सोज़ख़्वानी के सिलसिले में ही मेरी पहुँच उनके यहाँ हुई और उनकी मुलाज़मत से मुझे यह फ़ायदा हुआ कि सैकड़ों सोज़ याद हो गए, दूर-दूर तक मेरा नाम हो गया। ख़ानम की ताज़ियेदारी[4] तमाम शहर की रंडियों से बढ़-चढ़के थी। उनके इमामबाड़े में जो चीज़ थी, ऐसी थी कि कहीं

---

1. बैठक।
2. बचपन में खिलानेवाली नौकरानी।
3. शोकपूर्ण संगीत।
4. शिया मुसलमानों में मुहम्मद साहब के नवासे की मृत्यु पर शोक मनाया जाता है।

न मिले। मुहर्रम में दस दिन तक रोज़ मजलिस[1] होती थी। सैकड़ों मोहताजों को खाना खिलाया जाता था। मरसिया[2] पढ़नेवालों में मेरा नाम था। इसीलिए नवाब साहब ने मुझे मुलाज़िम रखा। इमामबाड़े में मातम करके मुझे उनके यहाँ जाना पड़ता और दो बजे रात तक मातम करना होता। इसी सोज़ख़्वानी की बदौलत मैं नवाब-मलिका किशवर महल[3] तक पहुँच सकी, हर मुहर्रम में मुझे सरकार-शाही[4] से बहुत कुछ मिला था।

इस ज़माने मे बिस्मिल्ला जान का अजब हाल हुआ। जब उनकी मिस्सी हुई थी, नवाब छब्बन साहब के चचा हज करने गए हुए थे। कोई छह महीने बाद लौटे। उनकी लड़की के साथ नवाब की मँगनी हुई थी। बिस्मिल्ला को घर में बिठाने का वायदा कर रखा था। नवाब छब्बन ने शादी से इनकार कर दिया। जब उनके चचा हज से वापस आए तो उन्होंने छब्बन साहब को बताया कि जायदाद पर उनका कोई हक़ नहीं, जितना उन्हें मिलना चाहिए उससे ज़्यादा ख़र्च कर चुके हैं। छब्बन साहब के हाथ से न सिर्फ़ जायदाद गई बल्कि उनकी माँ ने भी उन्हें छोड़ दिया। उनके वालिद का एक नौकर था मख़दूम बख़्श जिसे उन्होंने बेकार समझकर नौकरी से अलग कर दिया था। उसने हाल सुना तो छब्बन साहब की बेबसी पर तरस खाके उन्हें अपने घर ले गया। जो दोस्त मिलनेवाले छब्बन साहब को घेरे रहते और उनकी दौलत उड़ाते थे, एक-एक करके अलग हो गए।

इन दोस्तों में एक थे हुस्नू। जहाँ छब्बन साहब का पसीना गिरे, ख़ून गिराने को तैयार रहते थे। उनके साथ बिस्मिल्ला के यहाँ आते तो चुपके रहते। लेकिन छब्बन साहब के इस मामले के बाद आए तो खुले ख़ज़ाने बड़े ठाठ से बैठके बिस्मिल्ला से नौकरी की बातें करने लगे।

हुस्नू : देखो बिस्मिल्ला जान, अब नवाब से कोई उम्मीद न रखो। मैं जो-कुछ कहो वह दे दिया करूँ, ग़रीब आदमी हूँ।

बिस्मिल्ला : ग़रीब आदमी हो, यह नहीं कहते नवाब छब्बन साहब की दौलत काटके घर में भर ली।

हुस्नू : हैं, हैं, तुम तो ऐसा न कहो। नवाब के पास था ही क्या जो मैं घर भर लेता ! क्या मेरी माँ के पास कुछ कम था ?

बिस्मिल्ला : आपकी वालिदा साहिबा नवाब सरफ़राज़ महल की ख़ास नौकरानियों में थीं।

---

1. शोक-संगीत के जलसे।
2. शोकपूर्ण कविता।
3. अवध की बेगम।
4. नवाबी दरबार।

हुस्नू : (झेंपकर) वो जो कोई हों, जब मरी हैं तो कोई चार हज़ार का ज़ेवर छोड़कर मरी हैं।

बिस्मिल्ला : वह आपकी बीवी लेकर यार के साथ निकल गई, आपके पल्ले क्या पड़ा ? मेरे आगे ज़रा शेख़ी न बघारना, मुझे रत्ती-रत्ती का हाल मालूम है।

हुस्नू : तो क्या मेरे वालिद के पास कुछ कम था ?

बिस्मिल्ला : वालिद आपके नवाब हसन अली ख़ाँ के चिड़ीमारों में थे।

हुस्नू : लीजिए आप तो मज़ाक़ करती हैं।

बिस्मिल्ला : मैं खरी कहती हूँ, इसी से बुरी मशहूर हूँ। और कहती भी न, तुम्हारे छिछोरेपन पर जी जल गया। यूँ तुम आते थे मैंने कभी मना नहीं किया। लेकिन आज ही तो नवाब पर यह वारदात गुज़री और आज ही आपने मेरे मुँह-दर-मुँह नौकरी का पैग़ाम दे दिया। तुम क्या खाके नौकर रखोगे, यही न एक महीना, दो महीना, तीन महीने सही।

हुस्नू : छः महीने की तनख़्वाह जमा कर दूँ ? (सोने के जड़ाऊ कड़े कमर से निकालके) यह लो, तुम्हारे नज़दीक कितने के होंगे ?

बिस्मिल्ला : मैं देखूँ। (कड़े हुस्नू से लेके अपने हाथों में पहन लिए) कल छन्नामल के लड़के को दिखाऊँगी—मगर हाँ बने अच्छे हैं। अच्छा, आप तशरीफ़ ले जाइए, मुझे छुट्टन बाजी ने बुलाया है, ठहर नहीं सकती।

हुस्नू : तो कड़े उतार दीजिए।

बिस्मिल्ला : या अल्ला, कोई चोरों से बौहार है ! मैं तुम्हारे कड़े कुछ खा न लूँगी।

हुस्नू : कड़े दे दीजिए; मेरे नहीं हैं, वरना क्या बात थी !

बिस्मिल्ला : जैसे मैं पहचानती नहीं। यह वही कड़े हैं जो नवाब ने उस दिन मेरे सामने गिरवी को दिए थे।

हुस्नू : लो और सुनो...

बिस्मिल्ला : एक, ख़ुशका खाइए। नवाब के कड़े हैं, हमने पहचान लिए, अब आपको न दिए जाएँगे।

हुस्नू : लो, अच्छी कही, और वो रुपये जो हमने नवाब को दिए थे ?

बिस्मिल्ला : रुपये तुम कहाँ से लाए, वह भी तो नवाब का माल था।

हुस्नू : जी सच, महाजन से सूद पर लाके दिए थे।

बिस्मिल्ला : अच्छा तो महाजन को भेज दीजिए। हम उसको रुपये दे देंगे, आप टहलिए।

हुस्नू : कड़े तो मैं ले जाऊँगा।

बिस्मिल्ला : अब चुपके से खिसकिए, वरना...

यह बात बिस्मिल्ला ने कुछ इस तेवर से कही कि हुस्नू 'अच्छा तो कल

देखा जाएगा' कहते हुए चुपके से उठकर चले गए। बात यह थी कि छब्बन साहब के चचा ने जब उनके नौकरों से हिसाब लिया तो जो माल जिसकी मार्फ़त गिरवी रखा गया था, असल और सूद देकर छुड़ा लिया। हुस्नू से जब कड़ों की जोड़ी के बारे में पूछा तो मुकर गया कि मेरी मार्फ़त गिरवी नहीं हुए। इसी से उसकी कोर दबती थी।

उसके जाने के बाद बिस्मिल्ला मुझसे कहने लगी, "देखा बहन, यह बड़ा क़ाबूची है। नवाब का घर इसी मूज़ी ने तहस-नहस किया। मैं बहुत दिन से इस मुए की ताक में थी, आज दाँव पर चढ़ा। ग्यारह सौ की जोड़ी मुए ने सवा दो सौ पर हथिया ली थी। रुपये महाजन से नहीं लाया, इसी ने दिए थे, और जब बड़े नवाब ने पूछा तो कैसा मुकर गया !"

यह बात हो रही थी कि छब्बन साहब आ गए, अकेले, पैदल, चेहरे पर उदासी छायी हुई, आँखों में आँसू भरे हुए, न वह शान न शौकत, न रौब न दाब। चुपके-से आके बैठ रहे। मेरी तो आँखों में आँसू भर आए। बिस्मिल्ला आते के साथ ही कड़ों का क़िस्सा ले बैठी, "नवाब देखो, ये वही कड़े की जोड़ी है, जो तुमने उस दिन हुस्नू को गिरवी करने के लिए दी थी।"

नवाब : वही है, मगर वह तो मुकर गया था।

बिस्मिल्ला : कितने पर गिरवी हुए थे ?

नवाब : यह तो याद नहीं, शायद ढाई सौ या दो सौ, कुछ ऐसे ही थे।

बिस्मिल्ला : सूद क्या था ?

नवाब : सूद का हिसाब किसने किया ?

बिस्मिल्ला : कहो तो मियाँ हुस्नू को कोतवाली भिजवा दूँ ?

नवाब : नहीं, मेरे सर की क़सम, ऐसा न करना, सैयद है।

बिस्मिल्ला : सैयद काहे का ! उसके बाप का तो पता ही नहीं।

नवाब : ख़ैर, वह तो अपने मुँह से कहता है।

मैं अपने दिल में नवाब की शराफ़त और हिम्मत की बात सोचने लगी। वह ख़ानदानी रईस था न ! इसके दूसरे-तीसरे दिन की बात है। मैं ख़ानम साहब के पास बैठी थी। एक बूढ़ी-सी औरत आई। झुक-झुकके सलाम किया। ख़ानम ने बैठने का इशारा किया। सामने बैठ गई।

पूछने पर मालूम हुआ कि नवाब छब्बन साहब की माँ नवाब फ़ख़रुन्निसा बेगम ने भेजा है और कहलाया है कि छब्बन साहब मेरा इकलौता लड़का है, नाज़ों का पाला है, मैं उस पर जान देती हूँ, उसके बाप भी जान देते थे और चचा भी औलाद से बढ़के समझते हैं। उनकी इकलौती लड़की है, छब्बन की मँगेतर है, छब्बन ने शादी से इनकार कर दिया तो उसे रास्ते पर लाने के लिए यह जायदाद का मामला किया गया है। तुम्हारी लड़की का उम्र-भर का इंतज़ाम हो जाएगा, जो तनख़्वाह छब्बन देता हो उससे दस रुपये ज़्यादा मैं

दूँगी। लेकिन मुझ पर इतना एहसान करो कि छब्बन को शादी के लिए राज़ी कर दो। शादी के बाद सारी जायदाद उसी की होगी, उसके सिवाय मेरी या उसके चचा की जायदाद का मालिक और कोई नहीं। इतना ख़याल रखो कि यह घर तबाह न होने पाए, इसमें तुम्हारा भी फ़ायदा और हमारा भी। इसके आगे तुम जानो।

ख़ानम ने कहा कि बेगम साहब को मेरी तरफ़ से आदाब तस्लीम कहना और अर्ज़ करना कि जो उन्होंने हुक्म फ़रमाया है ख़ुदा ने चाहा तो यही होगा, मैं आपकी उम्र-भर की लौंडी हूँ, मुझसे कोई काम ख़िलाफ़ न होगा, ख़ातिर जमा रखिए।

बुढ़िया ने कहा कि बेगम साहब चाहती हैं, छब्बन साहब को मालूम न हो।

ख़ानम ने कहा, "क्या मजाल है जो उन्हें मालूम हो !"

शाम को जब छब्बन साहब आकर बिस्मिल्ला के कमरे में बैठे तो ख़ानम साहब चली आईं। मैंने आज से पहले ख़ानम को इस तरह आते और अदब से बात करते नहीं देखा। नवाब को तीन बार तस्लीम की और पूछा, "हुज़ूर का मिज़ाज अच्छा है ?"

नवाब ने गर्दन झुकाके कहा, "अल्लाह का शुक्र है।"

ख़ानम : ख़ुदा ख़ुश रखे। हम लोग तो दुआ माँगनेवाले हैं। लाख बढ़ जाएँ मगर फिर भी वह टके के माल के लिए आपका हाथ देखेंगे, ख़ुदा ने आपको रईस कहा है। इस वक़्त एक अर्ज़ के लिए आई हूँ। मैंने कभी आपको तकलीफ़ नहीं दी, बल्कि हुज़ूर को सलाम करने भी बहुत कम हाज़िर हुई। इस वक़्त ऐसी ही ज़रूरत थी जो ज़रा चली आई।

ख़ानम तो ये बातें कर रही थीं, बिस्मिल्ला उनका मुँह देख रही थी कि क्या कह रही हैं। नवाब का यह हाल था कि चेहरे से एक रंग जाता था, एक आता था, आँखें झेंपी जाती थीं। मगर चुपके-से सुन रहे थे। बहुत मुश्किल से उनकी ज़बान से निकला, "कहिए।" ख़ानम साहब ने कहा कि दुशाला बिकने आया है, सौदागर दो हज़ार माँगता है, लोगों ने पंद्रह सौ तक लगा दिए, वह नहीं देता, सत्रह-अट्ठारह सौ में भी बुरा नहीं है, ऐसा दुशाला मिलता कहाँ है ! हुज़ूर परवरिश करें तो इस बुढ़ापे में आपकी बदौलत एक दुशाला तो ओढ़ लूँ।

ख़ानम की बात ने वही असर किया जो कि एक साथ किसी पर बिजली गिरने से होता है। मगर बरदाश्त किए चुपके बैठे रहे। बिस्मिल्ला कुछ बोलना चाहती थी, लेकिन ख़ानम ने इशारा कर दिया और नवाब से जवाब माँगा। वह फिर भी चुप रहे। आख़िर आँखों में आँसू भरके कहा : ख़ानम साहब, इस दुशाले की असल क्या, मगर आपको शायद मेरा हाल मालूम नहीं। क्या

बिस्मिल्ला जान ने कुछ नहीं कहा ?

बिस्मिल्ला फिर कुछ बोलने को थी कि ख़ानम ने आँख का इशारा किया। ख़ानम ने कहा : मुझसे किसी ने कुछ नहीं कहा। क्यों, ख़ैर तो है ?

नवाब : अब हम इस क़ाबिल नहीं रहे जो आपकी फ़रमाइशों को पूरा कर सकें।

ख़ानम : आपके दुश्मन इस लायक़ न रहे हों। मैं तो ऐसी छिछोरी नहीं, जो रोज़ फ़रमाइशें किया करूँ। फ़रमाइशें करें, न करें, बिस्मिल्ला। भला मैं बूढ़ी-आढ़ी, मेरी फ़रमाइशें क्या और मैं क्या ! (फिर एक ठंडी आह भरके) हाय तक़दीर, अब हम इस लायक़ हो गए कि ऐसे-ऐसे रईस एक ज़रा-से चिथड़े के लिए हम से मुँह छुपाते हैं।

मैं देख रही थी कि ख़ानम का एक-एक फिक़रा नवाब के दिल पर छुरी का काम कर रहा था। उन्होंने थोड़े में अपनी तबाही का हाल कह दिया। ख़ानम सुना कीं, फिर कहने लगीं : ख़ैर मियाँ, इस लायक़ आप नहीं रहे कि एक छोटी-सी फ़रमाइश पूरी करें तो फिर रंडी के मकान पर आना क्या फ़र्ज़ था ! हुज़ूर को क्या नहीं मालूम कि बेसवाएँ चार पैसे की मीत होती हैं ? मसल है कि रंडी किसकी जोरू, हम लोग मोहब्बत करें तो खाएँ क्या, यूँ आपका घर है, मैं मना नहीं करती, मगर आपको ख़ुद ही अपनी इज़्ज़त का ख़याल होना चाहिए। यह कहके ख़ानम चली गईं।

नवाब ने कहा : वाक़ई मुझ से ग़लती हो गई, अब अल्लाह की मर्ज़ी हुई तो न आऊँगा। वह उठना चाहते थे कि बिस्मिल्ला जान ने दामन पकड़के बिठा लिया, कहा कि न जाने दूँगी। नवाब बोले कि अब जाने दो, जब ख़ुदा दिन फेरेगा तो देखा जाएगा, मगर अब क्या दिन फिरेंगे ! बिस्मिल्ला बोलीं कि मैं तो न जाने दूँगी। नवाब 'तो क्या अपनी अम्माँ से जूतियाँ खिलवाओगी ?' कहकर उठे और बिस्मिल्ला के हाथ से अपना दामन छुड़ाके चले गए। मेरा इरादा था कि नवाब से चलते वक़्त बात करूँगी और इसीलिए उनके साथ उठी थी, लेकिन वह इतनी तेज़ी से ज़ीने से उतर गए कि मैं कुछ कह न सकी। नवाब के तेवर उस वक़्त बहुत बुरे थे—बिलकुल मायूसी के। ख़ानम की बातों का उनके दिल पर बहुत असर हुआ था। मुझे मालूम था कि ख़ानम ने जो कुछ कहा है कि वह दूसरी बात जो वह फिर कभी कहनेवाली थीं, उसके लिए ज़मीन तैयार करने को कहा था। लेकिन मुझे डर था कि कहीं नवाब कुछ कर न बैठें, कुछ खाके न सो रहें।

सरे-शाम मैं और बिस्मिल्ला, दोनों डोली पर बैठके मख़दूम बख़्श के मकान पर गए। बड़ी मुश्किल से मकान मिला। वह घर पर न था। एक छोटी-सी लड़की थी, उससे मालूम हुआ कि नवाब सवेरे से नहीं आए। दो घंटे तक हम इंतज़ार किया किए, न नवाब साहब आए न मख़दूम बख़्श,

आख़िर हम मायूस होकर घर चले आए। सवेरे मख़दूम बख़्श नवाब साहब को तलाशा करता आया, नवाब रात को घर नहीं गए। शाम को उनकी माँ की वही बुढ़िया नौकरानी रोती-पीटती आई, उससे यह ख़बर मिली कि नवाब का कहीं पता नहीं है। बेगम साहब ने रोते-रोते अजीब अपना हाल कर लिया है और बड़े नवाब साहब बहुत परेशान हैं। इसके कोई पाँच-छह दिन बाद पता चला कि नवाब छब्बन साहब गोमती में डूब मरे। उनकी माँ का बुरा हाल हुआ। बिस्मिल्ला ने कहा कि ख़ानम साहब की गर्दन पर उनका ख़ून है।

# नौ

ख़ानम की नौचियों में यूँ तो मेरे सिवा हर एक अच्छी थी, मगर ख़ुर्शीद का जवाब न था। परी की सूरत, रंग मैदा-जैसा साफ़, नाक-नक़्शा गोया क़ुदरत के मालिक ने अपने हाथ से बनाया था, आँखों में मालूम होता था मोती कूट-कूटके भर दिए हैं, हाथ-पाँव सुडौल, भरे-भरे बाज़ू, गोल कलाइयाँ और जो कपड़ा पहनती बदन पर ऐसा फबता कि मालूम होता इसी के लिए बना है। अदाओं में वह मिठास, वह भोलापन कि जो एक नज़र से देखे हज़ार जान से फरेफ़्ता हो जाए, जिस महफ़िल में जाके बैठ गई मालूम हुआ कि शमा जल उठी, बीसियों रंडियाँ बैठी हों लेकिन निगाह इसी पर पड़ती थी। यह सब कुछ था मगर तक़दीर की अच्छी न थी। और तक़दीर को भी क्यों इलज़ाम दीजिए, ख़ुद अपने हाथों ख़राब की। सच तो यह है कि वह रंडीपने के लायक़ न थी।

बैसवाड़े के एक ज़मींदार की लड़की थी। सूरत से शराफ़त टपकती थी। लेकिन यह भूत सवार था कि कोई मुझे चाहे। यूँ ख़ुद वह प्यार के लायक़ थी। कौन ऐसा होगा जो उस पर लट्टू न हो जाता हो ! पहले तो प्यारे साहब को मुहब्बत थी, हज़ारों रुपये का सुलूक किया, वाक़ई जान देते थे। ख़ुर्शीद ने भी ख़ूब कसा। जब इत्मीनान हो गया तो ख़ुद ही जान देने लगी, इंतज़ार में दिन-दिन-भर खाना न खाती, किसी दिन इत्तफ़ाक़ से न आ सके तो आँसुओं की धार बहा देती।

हम सबने सलाह दी कि देखो ख़ुर्शीद, ये मर्दुए किसी के नहीं होते। तुम्हारी तो सिर्फ़ आशनायी है, निकाह नहीं हुआ, ब्याह नहीं हुआ, पछताओगी। प्यारे साहब ने जो देखा कि रंडी प्यार करती है तो लगे ऐंठने। या तो आठों पहर बैठे रहते थे या अब हैं कि दो-दो दिन नहीं आते और ख़ुर्शीद जान दिए देती है। ख़ानम को उसकी सूरत से नफ़रत हो गई, यहाँ तक कि आना-जाना, खाना-पीना, आदमियों की तनख़्वाह, सब बंद कर दिया। मगर ख़ुर्शीद के दिल में इश्क़ इस क़द्र भरा था कि किसी मर्द आदमी के पास होती तो ख़ूब निबाह होता, उम्र-भर मर्द पाँव धो-धोके पीता।

ख़ुर्शीद की ज़ात से ख़ानम को बड़ी उम्मीदें थीं। वाक़ई, उसमें रंडीपन होता तो लाखों पैदा करती। अच्छे-अच्छे मरते थे। मगर जब देखा मुँह थूथा लिए बैठी है, किसी और का इश्क़ सवार है, हर एक से बेरुख़ी है, तो लोगों ने भी आना छोड़ दिया। अब सिर्फ़ प्यारे साहब ही रह गए। उनका यह हाल हुआ कि उनके वालिद से बादशाह नाराज़ हो गए, घर ज़ब्त कर लिया, जागीर छीन ली। प्यारे साहब बेचारे मुहताज हो गए। यह सबकुछ हुआ मगर ख़ुर्शीद की मुहब्बत में कमी न आई। अब प्यारे साहब से यह ज़िद हो गई कि घर में बिठा लो। प्यारे साहब ने ख़ानदान की इज़्ज़त का ख़याल करके या यूँ कहिए कि बाप के डर से, मंजूर न किया। ख़ुर्शीद की आस टूट गई।

ख़ुर्शीद बहुत ही सीधी औरत थी। लोग फुसला-फुसलाके सैकड़ों रुपये खा गए। ऐसी नेकदिल और नेकमिज़ाज औरतें बहू-बेटियों में कम होती हैं, रंडियों का ज़िक्र क्या ! कभी गुस्सा न आता था। बस, एक बार आया। जिस दिन प्यारे साहब की शादी होनेवाली थी। वह माँझे का जोड़ा पहनके आए। ख़ुर्शीद पहले तो चुपकी बैठी रही। थोड़ी देर बाद उसके गालों पर सुर्ख़ी दिखाई दी। धीरे-धीरे गाल लाल भभूका हो गए। वह उठी, प्यारे साहब के कपड़े फाड़ डाले और फिर जो रोना शुरू किया तो दो दिन तक रोया की। तमाम दुनिया ने समझाया, न मानी। आख़िर बुख़ार आने लगा। दो महीने बीमार रही, लेने-के-देने पड़ गए, हकीमों ने कह दिया दिक़ है। लेकिन ख़ुदा की मेहरबानी से दो महीने बाद तबीयत अपने-आप ठीक हो गई। प्यारे साहब से बात ख़त्म हो गई। इसके बाद और लोगों से मुलाक़ात हुई, मगर दिल किसी से न लगा और न किसी का दिल उससे। ऊपर से मिलती थी, दिल न मिलता था।

सावन के महीने की बात है। पानी बरस के खुल गया था। चौक के कोठों और ऊँची दीवारों पर धूप थी और आसमान पर बादल के टुकड़े इधर-उधर आते-जाते दिखाई देते थे। पच्छिम की तरफ़ रंग-बिरंगी किरणें नज़र आती थीं। चौक में सफ़ेदपोश ज़्यादा जमा हो रहे थे। आज ज़्यादा आदमी इसलिए नज़र आ रहे थे कि ऐशबाग़[1] का मेला था, सभी जल्द-जल्द क़दम उठाए उस तरफ़ चले जा रहे थे। बिस्मिल्ला जान, अमीर जान, ख़ुर्शीद और मैं मेले जाने के लिए बन-ठन रही थीं। धानी दुपट्टे अभी रँगरेज़ रँग के दे गया था, जो चुने जा रहे थे। बालों में कंघियाँ हो रही थीं, चोटियाँ गूँथी जा रही थीं, भारी जेवर निकाले जा रहे थे। ख़ानम साहब चौकी पर गाव-तकिया लगाए बैठी थीं। बुआ हुसैनी पेचवान लगाके पीछे हटी थीं। ख़ानम साहब के सामने बैठे

1. लखनऊ में चौक से कोई चार मील के फ़ासले पर उस ज़माने में अलग बस्ती थी, अब शहर का हिस्सा है।

मीर साहब मेले चलने के लिए बार-बार कह रहे थे, ज़िद कर रहे थे, और वह कह रही थीं कि आज मेरी तबीयत सुस्त है, मैं नहीं जाने की। हम लोग दुआएँ माँग रहे थे कि ख़ुदा करे ख़ानम साहब न जाएँ तो मेले की बहार रहे।

ख़ुर्शीद पर उस दिन ग़ज़ब का जोबन था। गोरी रंगत मलमल के धानी दुपट्टे से फूटी पड़ती थी। बड़े-बड़े पायचों का ऊदी ग्रंट का पाजामा सँभाले नहीं सँभलता था, फँसी-फँसी करके क़यामत ढा रही थी। हाथ-गले में हल्का-हल्का ज़ेवर था, नाक में हीरे की कील, कानों में सोने की बालियाँ, हाथ में कड़े, गले में मोतियों का कंठा। सामने कमरे में आदमी के क़द का शीशा लगा था, वह अपनी सूरत देख रही थी और ग़म कर रही थी कि इस ग़ज़ब की सूरत...और कोई देखनेवाला नहीं। चेहरा उदास हो गया। वह उदासी भी ग़ज़ब कर रही थी, अच्छी सूरतवालों को सबकुछ अच्छा लगता है। उस वक़्त उसे देखकर दिल पसीजा जा रहा था। और कोई मिसाल नहीं बन पड़ती, मालूम होता था कि किसी शायर ने कोई दर्द-भरा शेर कह दिया है।

हम लोग डोलियों पर सवार होकर मेले पहुँचे। मेले में वह भीड़ थी कि अगर थाली फेंको तो सर-ही-सर जाए। जगह-जगह खिलौनेवालों, मिठाईवालों की दुकानें, खोंचेवाले, मेवा बेचनेवाले, हारवाले, तम्बोली, हुक़्क़ा पिलानेवाले, ग़र्ज़ कि जो कुछ मेलों में होता है, वह सबकुछ था। मुझे तो और किसी चीज़ से कुछ काम न था, लोगों के चेहरे देखने का हमेशा का शौक़ था, ख़ासतौर से मेले-तमाशों में ख़ुश-नाख़ुश, ग़रीब-अमीर, बेवक़ूफ़-अक़्लमंद, क़ाबिल-जाहिल, शरीफ़-ज़ालिम, ख़र्चीला-कंजूस, यह सब हाल चेहरे से खुल जाता है।

एक साहब हैं कि अपने तंज़ेब के अँगरखे, ऊदी सदरी, नोकदार टोपी, चुस्त घुटन्ने और मख़मली चढ़वाँ जूतों पर इतराए हुए चले जाते हैं। कोई साहब हैं कि चंदनी रंग का दुपट्टा सर से आड़ा बाँधे हुए रंडियों को घूरते फिरते हैं। एक साहब आए तो मेला देखने हैं मगर बहुत परेशानी में हैं, कुछ चुपके-चुपके बड़बड़ाते जाते हैं, मालूम होता है बीवी से लड़के आए हैं और जिन बातों का जवाब वक़्त पर न सूझा, अब याद कर रहे हैं। एक साहब अपने छोटे-से लड़के की उँगली पकड़े उससे बातें करते चले जाते हैं, हर बात में अम्मा का नाम लेते हैं, अम्माँ खाना पकाती होंगी, सोती होंगी, जागती होंगी। एक साहब सात-आठ बरस की लड़की को सुर्ख़ कपड़े पहनाकर लाए हैं, कंधे पर चढ़ाए हुए हैं और कसके हाथ पकड़े हैं। शायद डर है कि कोई हाथ से चाँदी की चूड़ी न उतार ले, बेचारी की कलाइयाँ दुखने लगी होंगी, ऐसे पहनाके लाने की क्या ज़रूरत थी !

गौहर मिर्ज़ा ने मोती झील के किनारे फ़र्श बिछवा दिया था। वहीं जाके ठहरे। इधर-उधर फिरते रहे, शाम से दो घड़ी रात तक मेले की सैर की। फिर घर चलने की ठहरी। अपनी-अपनी डोलियों में सवार हुए। अब जो देखते हैं

तो ख़ुर्शीद जान की डोली ख़ाली है। तमाम तलाश किया, उनका कहीं पता न मिला। आख़िर मायूस होके घर वापस आए। ख़ानम ने सुनते ही सिर पीट लिया। तमाम घर को सदमा हुआ।

मैं ख़ुद रात-भर रोया की। प्यारे साहब के मकान पर आदमी गया। वह बेचारे रात को ग्यारह बजे दौड़े आए। हज़ारों क़समें खाईं कि मुझे कुछ नहीं मालूम, मैं मेले गया भी नहीं, बेगम की तबीयत ठीक नहीं थी, उनके ही पास था। प्यारे साहब पर यूँ ही शुबहा था। उनकी क़समें खाने के बाद किसी को शक न रहा। शादी के बाद बीवी के ऐसे पाबंद हो गए थे कि चौक का आना-जाना बिलकुल बंद कर दिया था। रात को घर से निकलते ही न थे। ख़ुर्शीद के गुम होने की ख़बर सुनके कुछ तो अपनी मुहब्बत और कुछ ख़ानम साहब के ख़याल से चले आए थे।

# दस

ख़ुर्शीद की बहुत तलाश की गई मगर कोई पता न चला। उसके गुम होने के डेढ़ महीने बाद एक साहब, जिनका पहनावा शहर के बाँकों-जैसा था, साँवला रंग, छरहरा बदन, एक दोशाला कमर से लपेटे और एक सर से बाँधे, मेरे कमरे में दन्नाते चले आते और आने के साथ ही सामने क़ालीन के किनारे बैठ गए, जिससे मालूम हुआ कि तबीयत में कमीनापन है या अभी नए हैं, रंडियों के यहाँ कम जाने का इत्तफ़ाक़ हुआ है। उस वक़्त मैं अकेली बैठी थी। मैंने बुआ हुसैनी को आवाज़ दी। उनके कमरे में आते ही वह साहब उठ खड़े हुए और कुछ बेतकल्लुफ़ी के साथ बुआ हुसैनी का हाथ पकड़ लिया, अलग ले जाकर बातें करने लगे। इसके बाद बुआ हुसैनी ख़ानम के पास गईं, वहाँ से आकर फिर बातें हुईं। आख़िरी बात यह थी कि महीने की तनख़्वाह पेशगी देनी होगी। उन साहब ने कमरबंद से रुपये निकाले, बुआ हुसैनी ने गोद फैलाई, उन्होंने छन्न से फेंक दिए।

बुआ हुसैनी : ये कितने हैं ?

वह साहब : नहीं मालूम, गिन लीजिए।

बुआ हुसैनी : ऐ, मुझे तो निगोड़ा गिनना भी नहीं आता।

वह साहब : मैं जानता हूँ, पचहत्तर रुपये होंगे। शायद एक-दो कम हों या ज़्यादा।

बुआ हुसैनी : मियाँ, पिचहत्तर किसे कहते हैं ?

वह साहब : तीस बीसी और पंद्रह, या पच्चीस कम सौ।

बुआ हुसैनी : पच्चीस कम सौ—तो ये कितने दिन की तनख़्वाह हुई ?

वह साहब : पंद्रह दिन की। बाक़ी पंद्रह दिन की कल आ जाएगी तो पूरे डेढ़ सौ आपको पहुँच जाएँगे।

ये चर्चे सुनके मुझे बहुत बुरा मालूम हुआ, यक़ीन हो गया कि ऐसे ही वैसे होंगे। मगर मजबूर थी, रंडी का पेशा था और पराए बस में थी, करती तो क्या करती !

बुआ हुसैनी रुपये लेकर ख़ानम के पास गईं। ख़ानम उस वक़्त नहीं मालूम किस नेकी के दम में थीं कि फ़ौरन मंजूर कर लिया। मुझे ताज्जुब

हुआ इसलिए कि बड़े-बड़े रईसों से रुपये के मामले में एक दम के लिए मुहब्बत नहीं करती थीं और इस वक़्त एक दिन का वादा मान लिया।

इस मामले के तय होने के बाद वह साहब मेरे कमरे में रात को रहे। कोई एक पहर रात बाक़ी होगी, मुझे ऐसा मालूम हुआ जैसे किसी ने कमरे के नीचे आके खटका किया। वह साहब फ़ौरन उठ बैठे और कहा, ''अब मैं जाता हूँ, कल रात को फिर आऊँगा।'' चलते वक़्त पाँच अशरफ़ियाँ और तीन अँगूठियाँ, एक-से-एक अच्छी, मुझको दीं और कहा, ''यह तुम अपने पास रखना, ख़ानम को न देना।'' मैंने ख़ुशी-ख़ुशी हाथ में पहनीं और अपनी उँगलियों को देखने लगी। मुझे बहुत ही ख़ूबसूरत मालूम हो रही थीं। फिर संदूक़चा खोला और अशरफ़ियों और अँगूठियों को चोरख़ाने में रख दिया।

दूसरी रात को फिर वह साहब आए। उस वक़्त मैं गाना सीख रही थी। वह एक किनारे आकर बैठ गए। गाना हुआ किया। उन्होंने पाँच रुपये साजिंदों को दिए, उस्तादजी और सारंगिये ख़ुशामद की बातें करने लगे। उस्तादजी ने उनकी कमर में जो दोशाला बँधा हुआ था उसे ऐंठने का फ़िक्र की, मुँह खोलके माँग लिया। मगर वार ख़ाली गया। उन्होंने न दिया। कहा, ''रुपया-पैसा, जिस चीज़ को कहिए, मौजूद है। मगर यह दोशाला नहीं दे सकता, एक दोस्त की निशानी है।'' उस्तादजी अपना-सा मुँह लेके चुप हो रहे।

बुआ हुसैनी को उन्होंने पचहत्तर रुपये गिन दिए, ऊपर से पाँच रुपये इनाम के दे दिए। वह चली गईं। जब वह और मैं सिर्फ़ दो आदमी कमरे में रह गए तो मैंने पूछा कि आपने मुझे कहाँ देखा, जो यह इनायत की ?

वह : ऐशबाग़ के मेले में।

मैं : और फिर आए दो महीने के बाद ?

वह : मैं बाहर चला गया था और अब फिर जानेवाला हूँ।

अब मैंने रंडीपन की लगावट शुरू की। कहा : तो हमें छोड़के चले जाइएगा ?

वह : नहीं बहुत जल्द आऊँगा।

मैं : और आपका मकान कहाँ है ?

वह : मकान तो फ़र्रुख़ाबाद में है, मगर यहाँ बहुत काम रहता है, ज़्यादातर यहीं रहता हूँ, कुछ दिनों के लिए बाहर चला जाता हूँ और फिर चला आता हूँ।

मैं : और यह दोशाला किसकी निशानी है ?

वह : किसी की नहीं।

मैं : मैं समझ गई, किसी आशना की।

वह : नहीं, तुम्हारे सर की क़सम, मेरी कोई आशना नहीं है। बस तुम्हीं हो जो कुछ हो।

मैं : तो फिर मुझे दीजिए।

वह : मैं नहीं दे सकता।

यह बात मुझे बहुत बुरी लगी। इतने में उन्होंने बड़े-बड़े मोतियों की माला और एक जोड़ा हीरे-जड़े कँगन और दो सोने की अँगूठियाँ मेरे आगे रख दीं। ये सब तो मैंने ख़ुशी-ख़ुशी उठा लिए और संदूक़चा खोलके बंद करने लगी, मगर मुझे ताज्जुब हुआ कि ये हज़ारों का माल तो यूँ दे देते हैं मगर दोशाला ज़्यादा-से-ज़्यादा पाँच सौ का होगा, इससे क्यों इनकार करते हैं ? वैसे मुझे दोशाला पसंद नहीं था, जो ज़िद करती।

इन साहब का नाम फ़ैज़ अली था। पहर-डेढ़ पहर रात गए आते थे और कभी आधी रात को, कभी पिछले पहर उठके चले जाते थे। महीने-डेढ़ महीने में कई बार मैंने खटके या सीटी की आवाज़ सुनी और फ़ैज़ अली उठके चले जाते। उनसे रस्म[1] हुए कोई डेढ़ महीना भी नहीं गुज़रा होगा कि मेरा संदूक़चा सादे और जड़ाऊ ज़ेवरों से भर गया, अशरफ़ियों और रुपयों की तो कोई गिनती नहीं थी। अब मेरे पास ख़ानम और बुआ हुसैनी से छुपकर दस-बारह हज़ार का माल हो गया था।

फ़ैज़ अली से मुझको अगर मुहब्बत न थी तो नफ़रत भी न थी। नफ़रत होने की कोई वजह भी न थी। एक तो कोई वह बदसूरत न थे, दूसरे लेना-देना अजीब चीज़ है। मैं सच कहती हूँ कि उन दिनों जब तक वह न आते थे, मेरी आँखें दरवाज़े की तरफ़ लगी रहती थीं। गौहर मिर्ज़ा का आना-जाना अब सिर्फ़ दिन में होता था। शाम को आनेवाले भी समझ गए थे कि मैं किसी की पाबंद हो गई हूँ, इसलिए जल्दी ही खिसक जाते थे और जो जमके बैठते उनको मैं किसी बहाने से टाल देती थी।

इस दौरान फ़ैज़ अली की मुझसे बहुत मुहब्बत हो गई, जो कई तरह से ज़ाहिर होता था। अगर मेरा दिल गौहर मिर्ज़ा की तरफ़ झुका न होता तो मैं ज़रूर फ़ैज़ अली को मुहब्बत करने लगती और दिल दे देती। फिर भी मैंने उसका दिल रखने और रख-रखाव में कोई कमी न की थी। वह समझते थे कि मुझे भी उनसे मुहब्बत है। जो कुछ वह छुपाके मुझे देते थे उसकी किसी को कानों-कान ख़बर न थी। ख़ानम और बुआ हुसैनी के कहने से मुझे फ़रमाइशें भी करनी पड़ती थीं। उनकी बातों को पूरी करना भी फ़ैज़ अली अपना फ़र्ज़ समझते थे। उन्हें रुपये-पैसे की कोई परवाह न थी। ऐसा दिलदार आदमी मैंने न रईसों में देखा न शहज़ादों में।

शाम को आनेवालों में एक पन्नामल चौधरी थे। घंटा-दो घंटा बैठके चले जाते थे। उनको चार आदमियों में बैठने का शौक़ था। उनकी ख़ातिरदारी

1. रिश्ता।

होती रहे तो और किसी के आने-जाने से उन्हें कुछ मतलब न था। महीने में दो सौ रुपये नक़द देते थे, फ़रमाइशों का ज़िक्र क्या ! फ़ैज़ अली के ज़माने में उनका आना-जाना भी कम हो गया था। कहाँ तो हर रोज़ आया करते थे, कहाँ दूसरे-तीसरे आने लगे। एक बार पंद्रह दिन का ग़ोता लगाकर आए तो बहुत उदास-उदास। मामूली बातों का जवाब दे देते और ख़ामोश हो जाते। कहने लगे : क्या तुमने सुना न होगा ?

मैं : क्या ?

पन्नामल : हम तो तबाह हो गए। घर में चोरी हो गई। पुश्तों का जमा उठ गया।

मैं (चौंककर) : हैं, कितने का माल गया ?

पन्नामल : सब उठ गया, रहा क्या ? दो लाख के जवाहर चले गए।

मैं दिल में तो हँसी, इसलिए कि इनके बाप छन्नामल तो करोड़पति मशहूर थे। इसमें शक नहीं कि दो लाख बहुत बड़ी रक़म होती है, मगर इनके लिए क्या थी ! मैंने ज़ाहिरा मुँह बनाके बहुत अफ़सोस किया।

पन्नामल : आजकल शहर में चोरियाँ बहुत होती हैं। नवाब मलिकाए-आलम के हुई, लाला हरपरशाद के यहाँ हुई। अंधेर है। सुना है, बाहर से चोर आए हैं। कोतवाल बेचारे हैरान हैं। शहर के सब चोर तलब किए, किसी से कुछ पता नहीं मिला। लोग कानों पर हाथ रखते हैं कि हमारा काम नहीं है।

पन्नामल के आने के दूसरे दिन मैं अपने कमरे में बैठी थी कि चौक में एक शोर हुआ। मैं चिकके पास जा खड़ी हुई। अब जो देखती हूँ तो दुनिया उमड़ी पड़ रही है।

एक : आख़िर गिरफ़्तार हो गए न ?

दूसरा : कोतवाल हो तो ऐसा हो।

तीसरा : कुछ माल का भी पता चला !

चौथा : बहुत-कुछ मिला मगर अभी बहुत-सा बाक़ी है।

पाँचवाँ : मियाँ फ़ज़लू भी गिरफ़्तार हुए क्या ?

छठा : वह क्या हाथ आते !

सातवाँ : मैंने अपनी आँखों से देखा कि मियाँ फ़ज़लू बँधे चले आते हैं। सिपाहियों का ग़दर साथ है। मियाँ फ़ज़लू मुँह पर दुपट्टा डाले हुए हैं, उनकी सूरत दिखाई नहीं देती। दोपहर से पहले की बात है।

रोज़ाना की तरह, फ़ैज़ अली कोई पहर रात गए तशरीफ़ लाए। आते ही कहने लगे : आज हम बाहर जा रहे हैं, परसों आएँगे। देखो उमराओ जान, जो-कुछ हमने तुमको दिया है उसको किसी पर ज़ाहिर न करना, बुआ हुसैनी को न देना और न ख़ानम को दिखाना, तुम्हारे काम आएगा। हम

परसों ज़रूर आ जाएँगे। अच्छा यह कहो कि हमारे साथ थोड़े दिनों के लिए बाहर चल सकती हो ?

मैं : तुम जानते हो कि मैं अपने बस में नहीं। ख़ानम साहब को हक़ है, जाने दें, न दें। उनसे कहो, वह राज़ी हों तो मुझे क्या ऐतराज़ !

फ़ैज़ अली : सच है तुम लोग बड़े बेवफ़ा होते हो। हम तुम पर जान देते हैं और तुम ऐसा सूखा जवाब देती हो। अच्छा, बुआ हुसैनी को बुलाओ।

बुआ हुसैनी : कहाँ ?

फ़ैज़ अली : फर्रुख़ाबाद। मैं कोई ऐसा-वैसा आदमी नहीं हूँ। मेरी वहाँ रियासत है। इस वक़्त मैं दो महीने के लिए वहाँ जाता हूँ। अगर ख़ानम साहब मंजूर करें तो दो महीने की तनख़्वाह पेशगी, बल्कि उसके अलावा जो कहें, देने को तैयार हूँ।

बुआ हुसैनी : मुझे यक़ीन नहीं कि मंजूर करेंगी।

फ़ैज़ अली : अच्छा तुम पूछो तो।

बुआ हुसैनी ख़ानम साहब के पास गईं। मेरे नज़दीक उनका जाना बेकार था। मुझे यक़ीन था कि वह हरगिज़ मंजूर न करेंगी। फ़ैज़ अली ने मेरे साथ वह सलूक किया था कि अगर मैं अपने बस में होती तो मुझे उनके साथ जाने में कोई ऐतराज़ न होता। मैं सोचती थी कि जब इस आदमी ने घर बैठे इतना किया तो अपने यहाँ ले जाके ज़रूर निहाल कर देगा।

बुआ हुसैनी ने आकर साफ़ जवाब दिया कि इनका बाहर जाना किसी तरह नहीं हो सकता।

फ़ैज़ अली : दुगुनी तनख़्वाह पर सही।

बुआ हुसैनी : चौगुनी तनख़्वाह पर भी नहीं। हम लोग बाहर नहीं जाने देते।

फ़ैज़ अली : ख़ैर, जाने दो।

बुआ हुसैनी चली गईं तो मैंने देखा कि फ़ैज़ अली की आँखों से टप-टप आँसू गिरने लगे। मुझे बहुत तरस आया। बेवफ़ाइयों का ज़िक्र क़िस्से-कहानियों में पढ़ती थी तो मुझे अफ़सोस होता था। मैं उन्हें बहुत कहती थी। मुझे ख़याल आया कि अगर फ़ैज़ अली का साथ न दिया तो मेरी बेवफ़ाई में कोई शक न रहेगा, समझा जाएगा कि मैं उनके एहसानों को भूल गई। मैंने दिल में ठान लिया कि मैं उनका साथ ज़रूर दूँगी।

मैं : अच्छा, तो मैं चलूँगी।

फ़ैज़ अली : चलोगी ?

मैं : हाँ, कोई जाने दे या न जाने दे, मैं ज़रूर चलूँगी।

फ़ैज़ अली : कैसे ?

मैं : छुपकर।

फ़ैज़ अली : अच्छा, तो परसों रात को हम आएँगे। पहर रात रहे तुम्हें यहाँ से निकाल ले चलेंगे। देखो, धोखा न देना, नहीं तो अच्छा न होगा।

मैं : मैं अपनी ख़ुशी से चलने को कहती हूँ। तुमसे वायदा कर चुकी हूँ। मेरे वायदे को भी देखो।

फ़ैज़ अली : बहुत अच्छा, देखा जाएगा।

उस रात को फ़ैज़ अली कोई डेढ़ पहर रात रहे मेरे पास से उठके चले गए। उनके जाने के बाद मैं सोचने लगी, वायदा तो कर लिया मगर देखिए क्या होता है, जाऊँ या न जाऊँ ? जब फ़ैज़ अली की मुहब्बत और अपने वायदे का ख़याल आता था तो दिल कहता था, ज़रूर जाना चाहिए। मगर दूसरी तरफ़ से आवाज़ आती थी, न जाओ, ख़ुदा जाने क्या होगा !

इसी उधेड़बुन में सुबह हो गई। कोई बात तय न हुई। दिन-भर यही बातें दिल में रहीं। रात को कमरे में अकेली इसी फ़िक्र में पड़ी रही। आख़िर नींद आ गई। सवेरे ज़रा दिन चढ़े तक सोया की। गौहर मिर्ज़ा ने कच्ची नींद में झकझोरके उठाया तो मुझे बहुत बुरा मालूम हुआ। दिन-भर नशे का-सा ख़ुमार रहा। बुआ हुसैनी से उलझन हो गई। कहीं से मुजरा आया था। वह पूछने आई कि जाओगी। उस वक़्त मेरे सर में दर्द हो रहा था। मैंने साफ़ इनकार कर दिया। बुआ हुसैनी कहने लगीं कि जब न तब इनकार कर देती हो, आख़िर इस पेशे में होकर करोगी क्या ?

मैं : मैं न जाऊँगी।

बुआ हुसैनी : जाना होगा। ख़ास तुम्हारी फ़रमाइश है। ख़ानम साहब ने वायदा कर दिया है और रुपया ले लिया है।

मैं : बुआ, मै नहीं जाने की, रुपया फेर दो।

बुआ हुसैनी : भला तुम जानती हो, ख़ानम साहब कभी रुपया लेके फेरती हैं ?

मैं : चाहे किसी की तबीयत अच्छी हो चाहे न हो। अगर ख़ानम साहब रुपया न फेरेंगी तो मैं अपने पास से दे दूँगी।

बुआ हुसैनी : अहा, अब तुम बड़ी रुपयेवाली हो गई हो, लाओ रुपया फेर दो।

मैं : कितना रुपया है ?

बुआ हुसैनी : सौ रुपये हैं।

मैं : सौ रुपये लोगी या किसी की जान ?

बुआ हुसैनी को भी उस दिन ख़ुदा जाने कहाँ की ज़िद चढ़ गई थी। कहने लगीं कि बड़ी खरी हो तो दे दो। मैंने कहा कि शाम को दे दूँगी, पर वह न मानीं। उन्होंने अपने दिल में सोचा होगा कि इसके पास रुपये कहाँ हैं, इस वक़्त दबाई जाएगी तो चाहे-न चाहे, मुजरे पर राज़ी होना पड़ेगा। संदूक़चे

में उस वक़्त कुछ न होंगी तो हज़ार-डेढ़ हज़ार तो अशरफ़ियाँ ही थीं, बाक़ी सब अलग रहा। मगर बुआ हुसैनी के सामने संदूक़चा खोलना मुनासिब न था।

मैं : जाओ, घंटे-भर में ले लेना।

बुआ हुसैनी : घंटे-भर में क्या कोई मवक्किल दे जाएँगे ?

मैं : हाँ, दे जाएँगे। जाओ भई, मुझे इस वक़्त दिक़ न करो, मेरी तबीयत अच्छी नहीं है।

बुआ हुसैनी : आख़िर कुछ कह तो लड़की, हुआ क्या है ?

मैं : मुझे बुख़ार की-सी हरारत है और सर-बदन में ज़ोर का दर्द हो रहा है।

बुआ हुसैनी ने माथे पर हाथ रखके देखा : हाँ, सच तो है। पिंडा फीका है। मगर मुजरे को तो कहीं परसों जाना है। तब तक ख़ुदा करे, तबीयत का यही हाल रहेगा ?

मैं कुछ जवाब दे पाऊँ कि उससे पहले बुआ हुसैनी उठके चल दीं। मुझे ख़याल आया कि जब इन लोगों को हमारे दुख का, हारी-बीमारी का लिहाज़ नहीं, सिर्फ़ अपने मतलब से मतलब है, तो इनके साथ रहना बेकार है। पहले भी इस तरह की बातें हुई थीं, लेकिन यह ख़याल कभी दिल में नहीं आया था। इस वक़्त फ़ैज़ अली ने एक सहारा दिया था। मैं दोदिली हो रही थी कि जाऊँ या न जाऊँ। गौहर मिर्ज़ा की बेवक़्त की छेड़छाड़ और बुआ हुसैनी की ज़बरदस्ती ने मुझे जाने का फ़ैसला करने पर मजबूर किया। रात को जब फ़ैज़ अली आए तो उनकी सूरत और मुस्तैदी देखकर मेरा फ़ैसला पक्का हो गया।

ख़ानम का मकान चौक में बहुत ही हिफ़ाज़त की जगह पर था। पच्छिम की तरफ़ बाज़ार, उत्तर-दक्खिन रंडियों के ऊँचे-ऊँचे कमरे, एक तरफ़ बीबा जान का मकान, दूसरी तरफ़ हुसैनू बाँदी रहती थी, पिछवाड़े मीर हुसैन अली साहब का दीवानख़ाना था। किसी तरफ़ से चोर का लगाव नहीं था। इस पर भी तीन पासी नौकर थे जो रात-भर कोठे पर फिरते थे। जब से फ़ैज़ अली का आना-जाना शुरू हुआ था, मक्का पासी ख़ास मेरे दरवाज़े पर रहता था, क्योंकि फ़ैज़ अली रात गए आया करते थे और पहर रात से चले जाते थे। मक्का दरवाज़े बंद करने और ताले लगाने के लिए रखा गया था।

फ़ैज़ अली के आने के बाद काफ़ी देर तक चुपके-चुपके चल निकलने के मशविरे हुआ किए। इतने में मक्का ने अँगड़ाई ली। मालूम हुआ जाग रहा है। फ़ैज़ अली ने उसे कमरे में बुलाया। एक रुपया इनाम दिया और कहा, 'तुम आराम करो, हम जाग रहे हैं, कोई डर नहीं है, दरवाज़ा भेड़ देना, जाएँगे तो तुमको जगा देंगे।' मक्का सलाम करके गया तो फ़ैज़ अली ने कहा कि

लो अब चलो। मैं उठी। दो जोड़े कपड़े दिन ही से गठरी में बाँध रखे थे। गठरी बग़ल में दबाके फ़ैज़ अली के पीछे हो ली।

चलते-चलते मुझे ऐसा मालूम हुआ कि कोई कान में कह रहा है कि "उमराव, न जा, कहा मान !" जब ज़ीने पर दो-तीन सीढ़ी उतर चुकी तो ऐसा मालूम हुआ जैसे कोई हाथ पकड़के खींचता है कि न जा। मगर मैंने न माना।

रोकनेवाला वह न था जो नेकी व बुराई में फ़र्क़ करके नेक काम करने और बुरे काम न करने की हिदायत देता है। ख़ानम के मकान पर रहना कौन-सा अच्छा काम था ? और फिर मैं बदकारी को हमेशा बुरा समझती थी। ख़ानम के यहाँ रहने से एक आदमी का साथ देके उसका हो जाना कई दर्जे अच्छा काम था। बात यह थी कि मुझे आदमियों की शक्ल देखकर उन्हें समझने का तजुरबा था। फ़ैज़ अली की शक्ल देखकर मुझे अपने-आप ख़याल आ रहा था इसके साथ जाने में कुछ-न-कुछ ख़तरा ज़रूर है। मगर उस दिन की बातों, फ़ैज़ अली के दिए सहारे और उसके रुपयों के लालच ने मेरी आँखों पर पर्दा डाल दिया था।

# ग्यारह

ख़ानम का ज़ीना उतरके हमने अकबरी दरवाज़े का रास्ता लिया। नख़ास में बैलगाड़ी पहले से खड़ी थी। हम दोनों सवार हुए और चल निकले। हिंडोले के नाके से थोड़ी दूर जाके फ़ैज़ अली का साईस घोड़ा लिए हुए मिला। वह भी बैलगाड़ी के साथ हो लिया। सुबह होते-होते मोहनलाल गंज पहुँचे। यहाँ सराय में दोपहर तक ठहरे, भटियारिन से खाना पकवाके खाया। तीसरे दिन रायबरेली पहुँचे। यहाँ सफ़र के मुनासिब कपड़े ख़रीदे। मेरे दो जोड़े बनवाए। लखनऊ से जो कपड़े पहनके आई थी, उतारके गठरी में बाँध लिए। रायबरेली से दूसरी बैलगाड़ी किराए पर की और लालगंज की तरफ़ रवाना हुए, जो नौ-दस कोस के फ़ासले पर है। शामों-शाम लालंगज पहुँच गए। रात फिर सराय में रहे। फ़ैज़ अली ज़रूरी सौदे-सुल्फ़ को बाज़ार गए। जिस कोठरी में हम थे, उसके पास वाली कोठरी में एक देहाती रंडी उतरी हुई थी। नसीबन नाम था, गहने-पाते से दुरुस्त थी, कपड़े भी अच्छे थे। थी तो देहाती, मगर ज़बान इतनी साफ़ थी कि क़स्बाती मालूम होती थी। मेरी उससे देर तक बातें हुआ कीं।

वह पहचान गई कि मैं भी रंडी हूँ। मैंने कह दिया कि फ़ैज़ाबाद की हूँ, बहुत दिनों से इनके घर बैठ गई हूँ। इनके साथ उन्नाव जा रही हूँ, लखनऊ से आ रही हूँ। उसने पूछा कि तुम लखनऊ से उन्नाव जाती हो, तो सीधा रास्ता छोड़कर इस बीहड़ रास्ते से क्यों जा रही हो ? मैंने कहा कि इन्हें रायबरेली में काम था। वह बताने लगी कि इधर का रास्ता बहुत ख़राब है। डाकुओं के मारे मुसाफ़िरों का आना-जाना बंद है। पुलिया के बीहड़ों में सैकड़ों को लूट लिया और उन्नाव का रास्ता उधर होकर ही है—"तुम तीन आदमी हो, जिसमें दो मर्द, एक औरत-ज़ात, तुम्हारे हाथ-गले में गहना भी है, तुम्हारी क्या हक़ीक़त है, जब वहाँ बरातें लुट जाती हैं !" मैंने तक़दीर का सहारा लेकर बात टाल दी और पूछा कि तुम कहाँ जाओगी।

नसीबन : हम तो गदायी को निकले हैं।

मैं : गदायी क्या ? समझी नहीं।

नसीबन : ऐ लो ! गदायी नहीं जानती ! कैसी पतुरिया हो ?

मैं : बहन, मैं क्या जानूँ ! इनके साथ हूँ। वैसे यह जानती हूँ कि गदायी

के मानी हैं भीख माँगना।

नसीबन : हमारे दुश्मन माँगें भीख। और सच पूछो, तो मैं कहूँ, पतुरिया की ज़ात तो भीख मँगनी ही है, इसमें डेरेदार हो या न हो।

मैं : हाँ, सच तो है, मगर मुझे मालूम नहीं कि गदायी किसको कहते हैं।

नसीबन : साल में एक बार हम लोग घर से निकलके गाँव-गाँव फिरते हैं, अमीर-रईसों के मकानों पर जाके उतरते हैं, जो-कुछ जिसकी हैसियत होती है, हमें दे देता है। कहीं मुजरा होता है, कहीं नहीं।

मैं : यहाँ किस रईस के यहाँ आई हो ?

नसीबन : यहाँ से थोड़ी दूर पर एक शम्भूध्यान सिंह राजा की गढ़ी है। उन्हीं के पास गई थी। राजा साहब को लखनऊ से बादशाही हुक्म पहुँचा है। डाकुओं के बंदोबस्त को गए हुए हैं। कई दिन ठहरी रही। आख़िर दम घबराया, यहाँ चली आए। यहाँ से कोई दो कोस पर पतुरियों का एक गाँव है, वहाँ मेरी ख़ाला रहती हैं, कल वहाँ जाऊँगी।

मैं : फिर कहाँ जाओगी ?

नसीबन : मैं वहीं ठहरी रहूँगी, जब राजा साहब आ जाएँगे, तो फिर गढ़ी को जाऊँगी। और बहुत-से डेरे भी उनके इंतज़ार में ठहरे हुए हैं।

मैं : क्या राजा साहब को नाच-मुजरे का भी शौक़ है ?

नसीबन : बहुत शौक़ था।

मैं : क्यों, अब क्या हुआ ?

नसीबन : जब से एक पतुरिया लखनऊ से लाए हैं, हम लोगों की कोई पूछ नहीं रही।

मैं : उस पतुरिया का नाम क्या है ? (मुझे ख़ुर्शीद जान का ख़याल आया।)

नसीबन : नाम तो मुझको याद नहीं। सूरत देखी है, गोरी-गोरी-सी है, ज़रा चेहरे-मुहरे की अच्छी है।

मैं : गाती ख़ूब होगी।

नसीबन : ख़ाक गाती है ! गाना-वाना आता ही नहीं। हाँ, नाचती ज़रा अच्छा है। राजा साहब इसी पर लट्टू हैं।

मैं : कितने दिनों से आई है ?

नसीबन : कोई छह महीने हुए होंगे।

रात को मैंने फ़ैज़ अली को रास्ते की ख़राबी का हाल बताया। उन्होंने कहा : जमाख़ातिर रखो, हमने सब इंतज़ाम कर लिया है।

दूसरे दिन मुँह अँधेरे हम सराय से रवाना हुए। नसीबन की गाड़ी हमारे पीछे-पीछे थी। फ़ैज़ अली घोड़े पर सवार थे। हम और नसीबन बातें करते जा रहे थे। थोड़ी दूर चलके वह गाँव नज़र आया, जहाँ नसीबन को जाना

था। उसने हमें दिखाया—सड़क के किनारे खेत थे, जिनमें कुछ लड़कियाँ पानी दे रही थीं, कुछ निरायी कर रही थीं, कुछ पुर चला रही थीं और एक मुस्टंड औरत धोती बाँधे बैल हाँक रही थी। नसीबन ने कहा, "ये सब पतुरिया हैं।" मैंने दिल में सोचा कि आख़िर इन्हें पतुरिया कौन कहेगा, मेहनत आदमियों से ज़्यादा करें और शक्ल-सूरत लखनऊ की घसियारिनों-जैसी।

कोस-दो कोस जाने के बाद एक ढाल मिला। वहाँ बिलकुल बीहड़ था, जगह-जगह बड़े-बड़े गड्ढे, सामने नदी का किनारा, दोनों तरफ़ गुंजान पेड़ों की क़तारें। जब हम वहाँ पहुँचे, तो धूप अच्छी तरह निकल चुकी थी। कोई पहर-भर दिन चढ़ चुका था। इस सड़क पर सिवा हमारे और कोई रास्ता चलते दिखाई न देता था। चारों तरफ़ सन्नाटा था। नदी के पास पहुँचके फ़ैज़ अली ने घोड़ा आगे बढ़ाया। मैं रोकती रह गई, वह यह जा-वह जा, बहुत आगे निकल गए। थोड़ी दूर तक घोड़ा नज़रों से ग़ायब रहा, फिर नदी के उस पार दिखाई दिया।

हमारी गाड़ी इसी तरह से चली जाती थी, गाड़ीवान गाड़ी हाँक रहा था, साईस तो घोड़े के पीछे दौड़ गया था। इतने में दूर से देखा कि दस-पंद्रह गँवार गाड़ी की तरफ़ दौड़े चले आते हैं। मैंने दिल में कहा, ख़ुदा ख़ैर करे ! ज़रा देर में उन्होंने गाड़ी घेर ली, सब तलवारें बाँधे थे, बंदूकें कंधों पर थीं, तोड़े सुलग रहे थे। गाड़ीवान ने कहा कि ख़ाँ साहब के यहाँ की ज़नानी सवारी है, लेकिन उन्होंने गाड़ी रोक दी। एक ने आगे बढ़के पर्दा उलटके मुझे गाड़ी से उतार दिया, तीन आदमी मुझे घेरके खड़े हो गए। इतने में नदी की तरफ़ से गर्द उठी और घोड़ों की टापों की आवाज़ आई। मैंने देखा आगे फ़ैज़ अली का घोड़ा है और पीछे दस-पंद्रह सवार हैं। गँवारों ने देखते ही बंदूकों की एक बाढ़ मार दी, दो सवार गिर पड़े। सवार सिर पर आ गए। तो तलवारें म्यान से निकलीं। उधर से भी तलवारें निकल आईं। एक-दो हाथ चले होंगे कि तीन गँवार जख़्मी हो गए, बाक़ी भाग निकले।

एक सवार भी जख़्मी हुआ था। उसके पट्टियाँ कसी गईं। मैं गाड़ी में बैठी, वह मेरे साथ बिठाया गया। गाड़ी रवाना हुई, तो दो सवार गाड़ी के इधर-उधर रहे, बाक़ी आगे-पीछे। मैंने सुना, फ़ैज़ अली कह रहे थे, "भाई फ़जल़ अली साहब, किसी तरह लखनऊ से निकलना ही नहीं होता था। बड़ी मुश्किल से जान छुड़ाके आया हूँ।"

फ़ज़ल अली : यह नहीं कहते कि ऐश में पड़े थे।

फ़ैज़ अली : यह तो कहोगे ही।

फ़ज़ल अली : कहेंगे क्या, तोहफ़ा भी तो साथ है ! ज़रा भाभी साहिबा को हम भी देखें।

फ़ैज़ अली : आपसे कोई पर्दा है, देखिए।

फ़ज़ल अली : डेरे पर चलके क़ायदे से देखेंगे।

इतने में गाड़ी नदी के किनारे पहुँच गई। जैसे-तैसे नदी पार हुई। उस किनारे पर मुझे पैदल चलना पड़ा। जो सवार गाड़ी में था, उसके जख़्म खुल गए, गाड़ी में ख़ून-ही-ख़ून हो गया। क़रीब दोपहर दिन आ चुका था। इन लोगों का डेरा कहीं दिखाई न देता था। कोई चार कोस जाके एक गाँव के पास बाग़ था। उसमें कुछ छोलदारियाँ पड़ी हुई थीं, घोड़े बँधे हुए थे, लोग इधर-उधर फिर रहे थे, कुछ खाना पका रहे थे। यहाँ आकर गाड़ी रुकी। हमारे सवारों को देखके उस पड़ाव का आदमी आगे बढ़ा। उसने कुछ फ़ज़ल अली के कान में कहा। फ़ज़ल अली के चेहरे पर परेशानी की झलक नज़र आई। वह फ़ैज़ अली के पास घोड़ा बढ़ाके आए। दोनों में कुछ चुपके-चुपके बातें हुईं। फ़ैज़ अली ने कहा, "खाना तो खा लो।" फ़ज़ल अली बोले, "खाने की मोहलत नहीं है, ऐसे ही निकल चलो।" फ़ैज़ अली ने कहा, "अच्छा, जितनी देर में डेरा उखाड़ा जाएगा, हम लोग खा लेंगे।"

मैं गाड़ी से उतरी। आम के पेड़ के नीचे दरी बिछा दी गई। सालन की पतीलियाँ लाके रखी गईं, थई-की-थई मोटी-मोटी रोटियाँ टोकरियों में आईं। मैं, फ़ैज़ अली, फ़ज़ल अली तीनों मिलके खाना खाने बैठ गए। खाते वक़्त अगरचे चेहरों पर परेशानी थी, मगर हँसी-मज़ाक़ होता जाता था। जितनी देर में हम लोगों ने खाना खाया, छोलदारियाँ उखाड़कर टट्टुओं पर लाद दी गईं, घोड़ों पर ज़ीन कसे गए। हम खाने से उठे, तो क़ाफ़िला चल दिया।

दो ही तीन कोस गए होंगे कि बहुत-से सवार और पैदलों ने आकर घेर लिया। इधर भी सब पहले से मुस्तैद थे। दोनों तरफ़ से गोलियाँ चलीं, फिर तलवारें निकल आईं। इस लड़ाई में फ़ैज़ अली मेरी गाड़ी के आसपास ही रहे। मैं गाड़ी के अंदर बैठी दुआएँ पढ़ रही थी, मेरा कलेजा हाथों उछल रहा था कि देखिए क्या होता है ! कभी-कभी गाड़ी का पर्दा खोलके देखती कि यह गिरा, यह मरा ! आख़िर दोनों तरफ़ से बहुत जख़्मी हुए। हमारे साथ पचास-साठ आदमी थे। राजा ध्यानसिंह के आदमी बहुत-से थे। एक-एक पर दस-दस टूट पड़े। फ़ज़ल अली और फ़ैज़ अली मौक़ा पाकर निकल गए। दस-बारह आदमी गिरफ़्तार हुए। मैं भी गिरफ़्तार हुई।

गाड़ीवान तो मिन्नतें करके छूट गया। और जख़्मी सवार को वहीं पटकके रायबरेली की तरफ़ रवाना हो गया। बाक़ी गिरफ़्तार आदमियों की मुश्कें कसी गईं। मैं राजा साहब के सामने हाज़िर की गई। उन्होंने पूछा : बाई साहिबा लखनऊ से आई हैं ?

मैंने हाथ बाँधके कहाँ हुज़ूर, क़सूरवार हूँ, लेकिन ग़ौर से देखा जाए, तो ऐसा क़सूर भी नहीं। औरतज़ात जालफ़रेब से आगाह नहीं। मैं क्या जानती थी, ये लोग कौन हैं।

राजा साहब ने अपने आदमियों से कहा : देखो, हिम्मत खेड़े से एक बैलगाड़ी ले लो, लखनऊ की रंडियाँ हमारे देस की पतुरिया नहीं हैं कि रात-भर महफ़िल में नाचें और दिन को बारात के साथ दस-दस कोस नाचतीं जाएँ।

मैं : हुज़ूर को ख़ुदा सलामत रखे !

आदमी गए, गाड़ी ले आए। मुझे गाड़ी पर बिठाया गया, बाक़ी गिरफ़्तार आदमी मुश्कें-कसी ले जाए गए। गढ़ी कोई पाँच कोस पर थी। वहाँ पहुँचकर वे लोग तो नहीं मालूम कहाँ भेज दिए गए। मैं कोट में बुलाई गई, साफ़-सुथरा मकान रहने को दिया गया, दो आदमी ख़िदमत को मुक़र्रिर हुए। पका-पकाया खाना, पूरियाँ-कचौड़ियाँ, मिठाई, तरह-तरह के अचार खाने को आए। लखनऊ छोड़ने के बाद आज रात को खाना तबीयत भरके खाया। दूसरे रोज़ पहर दिन चढ़े राजा साहब ने बुला भेजा।

राजा साहब : अच्छा, हमने तुमको रिहा किया। फ़ैज़ू और फ़ज़लू, दोनों बदमाश निकल गए। बाक़ी जो गिरफ़्तार हुए हैं, लखनऊ भेजे जा रहे हैं। वहाँ पहुँचकर सज़ा पाएँगे। बेशक तुम्हारा कोई क़सूर नहीं, मगर आइंदा ऐसे लोगों से न मिलना। अगर तुम्हारा जी चाहे, तो दो-चार दिन यहाँ रहो। हमने तुम्हारे गाने की बहुत तारीफ़ सुनी है।

मुझे नसीबन की वह बात याद आई कि राजा साहब के पास लखनऊ की कोई रंडी है। हो-न-हो, उसी ने मेरी तारीफ़ की होगी। मैंने पूछा : हुज़ूर ने किससे सुना ?

राजा : अच्छा, यह भी मालूम हो जाएगा।

थोड़ी देर बाद लखनऊ की वह रंडी तलब हुई। वह सिवा ख़ुर्शीद के और कौन होती ! ख़ुर्शीद दौड़कर मुझसे लिपट गई। दोनों मिलके रोने लगीं। आख़िर ख़ुर्शीद राजा साहब के डर से अलग होकर अदब से बैठी। साजिंदे तलब हुए। मुझे रिहाई की ख़बर पहले ही मालूम हो गई थी और मैंने मौक़े के मुताबिक़ एक ग़ज़ल कह ली थी। सुनाई, तो एक-एक शेर पर राजा साहब और सभी बहुत ख़ुश हुए, बेख़ुदी का समाँ हो गया। बहुत दाद मिली। पहला शेर यह था :

क़ैदी उलफ़ते - सैयाद रिहा होते हैं,
आज हम बादिले-नाशाद रिहा होते हैं।[1]

और आख़िरी शेर था :

ऐ 'अदा' क़ैदे मुहब्बत से रिहाई मालूम
कब असीरे-ग़मे-सैयाद रिहा होते हैं।[2]

---

1. क़ैद करनेवाले की मुहब्बत से रिहा होने पर क़ैदी के दिल को दुख है।
2. ऐ अदा, मुहब्बत की क़ैद से कहीं रिहाई होती है और कहीं क़ैद करनेवाले के ग़म से क़ैदी छुटकारा पाता है।

सुनके राजा साहब ने पूछा : यह 'अदा' कौन है ?

ख़ुर्शीद : यह इन्हीं का तख़ल्लुस है। इन्हीं की कही हुई ग़ज़ल है।

राजा साहब और भी ख़ुश हुए। कहने लगे कि ऐसा जानते, तो हम हर्गिज़ आपको रिहा न करते। मैंने हाथ बाँधकर कहा कि हुज़ूर को ग़ज़ल से ही मालूम हो गया होगा कि रिहाई का अफ़सोस है, मगर अब तो हुज़ूर का हुक्म हो चुका है और लौंडी आज़ाद हो गई है। इसके बाद जलसा बर्ख़ास्त हुआ। राजा साहब अंदर रसोई खाने चले गए। मुझसे ख़ुर्शीद की ख़ूब-ख़ूब बातें हुईं।

उसने बताया : मेरा कोई क़सूर नहीं। राजा साहब और ख़ानम साहब से बहुत दिनों से लाग-डाँट थी। राजा साहब ने कई मर्तबा बुलवाया, मगर ख़ानम ने साफ़ इनकार कर दिया, आने न दिया। आख़िर ऐश बाग़ के मेले में इनके आदमी लगे हुए थे, मुझे ज़बरदस्ती उठा लाए। जब से यहीं हूँ। हर तरह से मेरी ख़ातिर होती है, हर तरह का आराम है। इन मुए गँवारों में जी तो नहीं लगता, मगर मेरी तबीयत रंडीपन के ख़िलाफ़ है। एक आदमी का सहारा है, बाक़ी सब हुक्म के ताबेदार हैं। और फिर यही मेरा वतन है। इसी इलाक़े में पैदा हुई थी। यहाँ की हर चीज़ मुझे पसंद है।

मैंने पूछा, लखनऊ जाने का इरादा नहीं है ? तों कहने लगी कि भई, मुझे तो माफ़ करो। यहीं अच्छी तरह से हूँ, बल्कि तुम भी यहीं रहो। मैंने कहा : मैं न रहूँगी, लखनऊ भी न जाऊँगी। जहाँ ख़ुदा ले जाएगा, चली जाऊँगी। इसके बाद मैं पंद्रह-बीस दिन तक गढ़ी में रही। फिर एक दिन राजा साहब से मौक़ा पाकर जाने की इजाज़त माँगी। उन्होंने पूछा : कहाँ जाओगी ? मैंने कहा : लखनऊ तो हर्गिज़ न जाऊँगी, वहाँ जाने का मुँह नहीं। सब हँसेंगे, इसलिए पहले तो कानपुर जाऊँगी, फिर देखा जाएगा।

दूसरे दिन राजा साहब ने विदा किया। दस अशरफ़ियाँ इनाम दीं, एक दोशाला, एक रूमाल, तीन बैलों के साथ एक रथ दिया। ग़र्ज़ कि डेरेदार पतुरिया बना दिया। एक गाड़ीवान और दो आदमी साथ किए और उन्नाव को रवाना किया। वहाँ पहुँचकर मैं सलारू भटियारे के मकान में ठहरी, राजा साहब के आदमियों को लौटा दिया, सिर्फ़ गाड़ीवान को रख लिया। शाम को मैं अपनी कोठरी के सामने बैठी थी, मुसाफ़िर आ-जा रहे थे और भटियारिनें चिल्ला रही थीं : "म्याँ मुसाफ़िर इधर, मकान साफ़, हुक़्क़ा-पान का आराम, घोड़ा-टट्टू बाँधने का इंतज़ाम..." इतने में क्या देखती हूँ कि फ़ैज़ अली का साईस चला आता है।

# बारह

सराय के फाटक ही से उसकी निगाह मुझ पर पड़ गई थी। वह मेरे पास चला आया। मेरा हाल पूछा। मैंने फ़ैज़ अली का हाल पूछा। उसने कहा कि उनको आपके आने की ख़बर मिल गई है। आज रात को पहर-दोपहर रात गए ज़रूर आएँगे। यह सुनके मेरा दिल धड़कने लगा। मुझे अब फ़ैज़ अली का साथ मंज़ूर न था। मैं समझे बैठी थी कि अब उनसे छुट्टी मिल गई, लेकिन अब वह सर पर आ मौजूद हुए। रात को उनके आने पर थोड़ी-सी बातचीत के बाद उन्नाव से चल निकलने की राय हुई। मैं कर क्या सकती थी ! उनके क़ाबू में थी। बड़ी देर बातचीत के बाद यह सलाह ठहरी कि गाड़ीवान को विदा कर दो, साईस गाड़ी हँका लेगा, ख़ुद घोड़े को देख लेंगे। फिर यह ठहरी कि गाड़ी सलारू भटियारे के पास छोड़ दी जाए और मैं उनके साथ घोड़े पर चढ़कर रातों-रात गंगा पार उतर चलूँ।

जो उन्होंने कहा मुझे मंज़ूर करना पड़ा। उन्होंने सलारू को पुकारा, किनारे ले जाके देर तक बातें कीं। कोई आधी रात गए अपने साथ घोड़े पर बिठा सराय से बाहर हुए। रात के वक़्त पाँच-छः कोस ज़मीन तय करनी पड़ी। मेरा बंद-बंद टूट गया। कई दिनों तक बदन का एक-एक जोड़ दर्द करता रहा। ज्यों-त्यों करके गंगा के किनारे पहुँचे। नाव तलाश की, उस पर पार उतरे। फ़ैज़ अली ने कहा कि अब कोई डर नहीं है। सुबह होते-होते कानपुर पहुँच गए। फ़ैज़ अली ने मुझे लाठी मुहाल की सराय में उतारा और ख़ुद मकान की तलाश में निकल गए। थोड़ी देर के बाद आके कहा कि यहाँ रुकना ठीक नहीं है, मकान ठहरा लिया है, वहाँ चली चलो, किराये की डोली ले आया हूँ।

थोड़ी देर में डोली एक पक्के शानदार मकान के दरवाज़े पर रुकी। फ़ैज़ अली ने मुझे वहाँ उतारा। मकान के अंदर क्या देखती हूँ कि एक दालान में दो खुदेरी चारपाइयाँ पड़ी हैं, एक चटाई बिछी है। मकान का रंग देखकर दिल को परेशानी होने लगी। थोड़ी देर के बाद फ़ैज़ अली ने कहा कि बाज़ार से कुछ ले आऊँ। मैंने कहा कि ज़रा जल्दी आना। वह बाज़ार गए, तो मैं अकेली रह गई। वह जो गए, तो वहीं के हो रहे। न आज आते हैं न कल।

घड़ी-दो घड़ी, पहर-दो पहर, कहाँ तक इंतज़ार करूँ ! दोपहर गुज़री, शाम होने को आई। उन्नाव में सरे-शाम खाना खाया था, रात को घोड़े पर चलने की थकान, नींद का ख़ुमार। सुबह से मुँह में चुल्लू पानी भी नहीं पड़ा था, टुकड़ा भी नहीं खाया था, भूख के मारे दम निकला जाता था।

सूरज डूब गया। अँधेरा होने लगा। आख़िर रात होने लगी। मैं सोच रही थी कि या ख़ुदा, अब क्या करूँ ! इतना बड़ा ढंढार मकान भाँय-भाँय कर रहा था। ख़ुदा की ज़ात और मैं अकेली थी। यह मालूम होता था कि अब इस कोठरी से कोई निकला, वह सामनेवाले दालान में कोई टहल रहा है, कोठे पर धम-धम की आवाज़ आई, ज़ीने से कोई खटखट करता उतरा आ रहा है। दो पहर रात हो गई। अब तक अँगनाई और दीवारों पर चाँदनी थी। अब चाँद भी छुप गया। बिलकुल अँधेरा घुप हो गया। आख़िर मैं दोशाले में मुँह लपेटके पड़ रही। फिर कुछ खटका हुआ। रात पहाड़ हो गई, काटे नहीं कटती थी। आख़िर ज्यों-त्यों करके सुबह हुई।

सुबह तो अजीब हालत थी। अब लखनऊ की क़द्र हुई। दिल में कहती थी कि ख़ुदा किस मुसीबत में जान पड़ी ! लखनऊ का ऐश-चैन याद आ रहा था। दोपहर हो गई और फ़ैज़ अली न आए। इस हालत में कोई चारदीवारी में बैठनेवाली नेक बीवी होती, तो ज़रूर घुट-घुटके मर जाती। मेरी हया खुली हुई थी, सैकड़ों मर्दों में बैठ चुकी थी। कानपुर न सही, लखनऊ के तो गली-कूचे जानती थी। यहाँ की सराय देखी थी। मैंने तय किया कि अब मेरी बलाय ख़ाली मकान में बैठे कुंडी खोल गली में निकल खड़ी हुई।

घर से दस-बीस क़दम ही गई हूँगी कि देखती क्या हूँ, एक आदमी सरकारी वर्दी पहने घोड़े पर सवार है। दस-पंद्रह सिपाही साथ हैं और उनके दरम्यान मियाँ फ़ैज़ अली हैं। मुश्कें कसी हुई हैं, सामने से चले आ रहे हैं। यह माजरा देखके सन्न-सी हो गई। वहीं ठिठक गई, मामला समझ गई। वहीं एक पतली-सी गली नज़र आई। उसी में मुड़ गई। एक मस्जिद नज़र आई। मैंने दिल में ख़याल किया कि सबसे अच्छा ख़ुदा का घर है, थोड़ी देर यहीं जाके ठहरना चाहिए। दरवाज़ा खुला हुआ था। मैं दन्नाती अंदर चली गई।

वहाँ एक मौलवी साहब से सामना हुआ। पहले तो समझे कि शायद चढ़ावा चढ़ाने आई है, बहुत ख़ुश हुए। जब मैं चुपके-से जाके सहन के किनारे पैर लटकाके बैठ गई, तो क़रीब आके पूछने लगे : क्यों बीसाहिबा, आपका यहाँ क्या काम ?

मैं : मुसाफ़िर हूँ, ख़ुदा का घर समझके थोड़ी देर के लिए बैठ गई हूँ। अगर नागवार हो, तो चली जाऊँ।

मौलवी साहब मालूम तो बेतुके हो रहे थे, मगर मेरी लगावट और लुभाने की बात का जादू चल गया। हक्का-बक्का इधर-उधर देखने लगे, फिर कुछ

सँभलके पूछा : कहाँ से आना हुआ ?

मैं : जी, कहीं से आना हुआ हो, मगर अभी तो यहीं ठहरने का इरादा है।

मौलवी साहब (बहुत ही घबराके) : मस्जिद में ?

मैं : जी नहीं, आपके मकान में।

मौलवी : लाहौल विला क़ुव्वत !

मैं : ओई, मौलवी साहब ! मुझे तो आपके सिवा मकान में कोई और नज़र नहीं आता।

मौलवी : जी हाँ, मैं अकेला रहता हूँ, इसी से तो कहा।

मैं : तो क्या जहाँ आप रहते हैं, कोई दूसरा नहीं रह सकता ?

मौलवी : मैं तो लड़के पढ़ाता हूँ।

मैं : मैं आपको सबक़ दूँगी।

मौलवी : लाहौल...

मैं : आप हर मर्तबा लाहौल क्यों पढ़ते हैं ? यह क्या शैतान आपके पीछे फिरता है ?

मौलवी : शैतान आदमी का दुश्मन है, उससे हर वक़्त डरना चाहिए।

मैं : ख़ुदा से डरना चाहिए या शैतान से ? और यह क्या आपने कहा—आप आदमी हैं ?

मौलवी (ज़रा बिगड़के) : जी हाँ ! और कौन हूँ ?

मैं : मुझे तो आप जिन्न मालूम होते हैं कि अकेले यहाँ पड़े रहते हैं।

मौलवी : क्या करें, हमें तो अकेले रहने की आदत है।

कुछ आदमियों की सूरत ऐसी होती है कि अपने-आप हँसने को जी चाहता है, जैसे किसी की मुँडी हुई खोपड़ी देखकर हथेली खुजाने लगती है, चपत लगाने को जी चाहता है। मौलवी साहब थे तो जवान आदमी, सूरत भी कुछ ऐसी बुरी न थी और रंगत साँवली थी, मगर चेहरे पर हवन्नक़पन था, सिर पर लंबे-लंबे बाल थे, दाढ़ी भी बड़ी बेतुकी थी, मूँछों के बाल सफ़ाया थे और एक बड़ी-सी छींट की टोपी पहने थे, जो सिर की पूरी चौहद्दी को ढाँके हुए थी। तहमत बहुत ऊँची बँधी हुई थी। बात करने का अजीब तरीक़ा था कि मुँह जल्दी से खुलता था, बंद हो जाता था, नीचे का होंठ कुछ अजीब ढंग से ऊपर को उठ जाता था और साथ ही नुक्केदार दाढ़ी हिलती थी, नाक से हूँ-ना-सा होता था। मालूम होता था, कुछ खा रहे हैं और साथ में बात कर रहे हैं। अहतियात के लिए जल्दी से मुँह बंद कर लेते हैं। मगर वह खा नहीं रहे थे, जुगाली कर रहे थे। बातचीत में एक और ख़ूबी थी। मुँह फेरकर बोलते थे। शायद बोलने में मुँह से थूक गिरता होगा। ऐसी सूरत थी कि बेवक़ूफ़ डर जाए और अक़्लमंद हँसे। मैं और मज़ाक़ करती मगर भूख लगी

हुई थी। मैंने जेब से एक रुपया निकाला। मौलवी साहब समझे कि मैं नज़र दे रही हूँ। जल्दी से हाथ तो बढ़ाया, मगर मुँह से कहने लगे : इसकी क्या ज़रूरत थी ?

मैं : इसकी बहुत ज़रूरत थी। मुझे भूख लगी है, किसी से खाना मँगा दीजिए।

मौलवी (अब झेंपते हुए) : मैं समझा, इसीलिए कहता हूँ कि इसकी क्या ज़रूरत है ? क्या खाना यहाँ मुमकिन नहीं ? मेरा एक शागिर्द खाना लाता होगा, आप भी खा लीजिए।

मैं : यहाँ फ़ौरन ज़रूरत है। बाज़ार से कुछ ला दीजिए।

मौलवी साहब कुछ और बातचीत के बाद खाना लेने चले गए। लेकिन घंटे-डेढ़ घंटे बाद आए, तो चार ख़मीरी रोटियाँ और एक मिट्टी के प्याले में थोड़ा-सा नीला शोरबा मेरे सामने रख दिया। मेरी जान जल गई। उनकी सूरत देखने लगी। मौलवी साहब कुछ और समझे। फ़ौरन चादर के कोने से खोलके साढ़े चौदह आने के पैसे, धेले, कौड़ियाँ गिनके सामने रख दीं और बोले : साहब, चार पैसे की रोटियाँ हैं, पैसे का सालन है और धेला रुपये का भाँज लेने में गया, आपकी बाक़ी जमा सामने मौजूद है। पहले गिन लीजिए, फिर खा लीजिए।

मैंने फिर मौलवी साहब की सूरत को देखा। मगर भूख बुरी बला है। जल्दी-जल्दी निवाले उठाने शुरू किए। जब दो-चार खा चुकी तो, फिर उनकी तरफ़ देखके बोली : मौलवी साहब, क्या इस उजड़े शहर में यही खाने को मिलता है ?

मौलवी : तो क्या यहाँ कोई लखनऊ है कि जहाँ पुलाव-ज़र्दा आठों पहर तैयार मिलता हो !

मैं : हलवाई की दुकान तो होगी ?

मौलवी : वह तो मस्जिद के नीचे ही है।

मैं : तो फिर चार कोस जाने की क्या ज़रूरत थी ! और दोपहर के बाद आए, लाए कुत्तों का रातिब !

मौलवी : ऐसा तो न कहिए, आदमी खाते हैं।

मैं : आपके-जैसे आदमी खाते होंगे—बासी ख़मीरी रोटियाँ और नीला शोरबा !

मौलवी : अच्छा दही ला दूँ ?

मैं : जी नहीं, माफ़ कीजिए।

मौलवी : पैसे का ख़याल न कीजिए, मैं अपने पास से लाए देता हूँ।

मैं कुछ जवाब भी न देने पाई थी कि मौलवी साहब मस्जिद के बाहर चले गए और एक सकोरे में ख़ुदा जाने कब का खट्टा दही उठा लाए और

इस तरह सामने लाके रख दिया, गोया आपने हातिम की क़ब्र पर लात मार दी। बहरहाल, मैंने वे चारों रोटियाँ उगल-निगलके खाईं और कोई बँधनी-भर पानी पिया और खड़ी हुई। शोरबा और दही यों ही पड़ा रहा, पैसे-कौड़ी भी वहीं रहे। मैं उठी थी मुँह-हाथ धोने को, मौलवी साहब समझे कि मस्जिद से जा रही हूँ।

मौलवी : ये पैसे-कौड़ियाँ तो उठा लीजिए।

मैं : मेरी तरफ़ से मस्जिद में चिराग़ी[1] चढ़ा दीजिएगा।

मुँह-हाथ धोके अपनी जगह पर आ बैठी। मौलवी साहब से बातें करने लगी। उनकी ज़ात से मुझे मदद मिली।

उनकी मार्फ़त एक कमरा किराये पर लिया। निवाड़ी पलंग, दरी, चाँदनी, छत-पर्दे, ताँबे के बर्तन और सब ज़रूरत का सामान उनके ज़रिए ख़रीदा और एक मामा[2] खाना पकाने को, एक ऊपर का काम करने को रख लीं। दो ख़िदमतगार रख लिए और ठाठ से रहने लगी। फिर साजिंदों की तलाश शुरू की। यों तो बहुत-से आए, मगर किसी का हाथ पसंद नहीं आया। आख़िर लखनऊ का एक तबलिया मिल गया। यह खलीफ़ा जी के ख़ानदान का शागिर्द था। उसके ज़रिए से दो सारंगिये बुलवाए।

जब सब ठीक हो गया, तो पहर-डेढ़ पहर रात गए तक कमरे पर गाने-बजाने का चर्चा होने लगा। शहर में यह ख़बर मशहूर हो गई कि लखनऊ की कोई रंडी आई है। ख़ूब आदमी आने लगे। शायरी भी ख़ूब चमकी। शायद ही कोई ऐसा कमबख़्त दिन होगा, जो किसी जलसे में न जाना हो। मुजरे भी बहुत आते थे। थोड़े ही दिनों में मैंने काफ़ी रुपया कमा लिया। मुझे कानपुरवालों की बोलचाल, लोगों का राह-रवैया पसंद न था। बात-बात में लखनऊ याद आता था। लेकिन आज़ाद ज़िंदगी में भी अजीब मज़ा है कि मैं कभी वापस जाने के बारे में नहीं सोचती थी।

मैं जानती थी कि अगर लखनऊ जाऊँगी, तो फिर ख़ानम की नौची बनकर रहना पड़ेगा। इस पेशे में ख़ानम से अलहदा रहना किसी तरह मुमकिन नहीं था। तमाम रंडियाँ ख़ानम का दबाव मानती थीं। अगर मैं अलग होकर रहती, तो कोई मुझसे मिलता नहीं और न अच्छे साजिंदे मिलते। नाच-मुजरे का ढँचर भी नहीं चल सकता था। जिन दरबारों में मेरी पहुँच हुई थी, ख़ानम की वजह से हुई। मेरी गिनती अच्छे गानेवालों में थी : मगर अच्छे-बुरे का फ़र्क़ ख़ास लोगों को होता है। आम लोगों में नाम बिकता है। बड़े आदमियों की निगाह ऊँचे कोठों पर जाती है। इस हालत में मुझे कौन पूछता ! कानपुर

1. चिराग़ जलाने के लिए चढ़ावा।
2. नौकरानी।

में मेरे हौसले से ज़्यादा मेरी क़द्र थी। किसी अमीर-रईस के यहाँ कोई शादी-ब्याह की तक़रीब ऐसी न होती थी, जिसमें मुझे बुलाया जाना बड़प्पन की निशानी न समझा जाता हो। यह लखनऊ के नाम की बदौलत।

बाहर जाकर इस बात का अंदाज़ा होता है कि लखनऊ क्या चीज़ है ! कानपुर में एक साहब हज़रत शारिक़ लखनवी के नाम से मशहूर थे। उस्ताद माने जाते थे, सैकड़ों आपके शागिर्द थे। लखनऊ में कोई उनका नाम भी नहीं जानता था। एक दिन एक साहब मेरे कमरे पर तशरीफ़ लाए। बातचीत के दौरान शेरो-शायरी का ज़िक्र हुआ। शारिक़ साहब के बारे में पूछने लगे : आप लखनऊ की हैं, हज़रत शारिक़ को जानती होंगी। मैंने कहा : कौन शारिक़ ? बेचारे बुरा मान गए। फिर एक शेर पढ़ा, जिसे शारिक़ साहब का बताया। मैंने कहा : यह तो बहुत मशहूर है, मैं इसके आगे के पाँच शेर सुना सकती हूँ। वह साहब बहुत खुश हुए। कहने लगे कि ज़रूर लखनऊ में सुना होगा, शारिक़ साहब के शेर तो लखनऊ में बहुत मशहूर हैं।

मेरे जी में आया कि कह दूँ कि शारिक़ साहब मरके भी यह शेर नहीं कह सकते, यह तो मशहूर उस्ताद मिर्ज़ा दबीर साहब का है। मगर कुछ समझके चुप हो रही। बेचारे शारिक़ की रोज़ी में ख़लल आ जाता। एक वह क्या, बहुत से यह करते हैं कि दूसरे के शेर बाहर जाके अपने नाम से पढ़ते हैं और लखनऊ के नाम का फ़ायदा उठाते हैं। सुना है, एक साहब लखनऊ के एक मशहूर शायर की तमाम ग़ज़लों का मसौदा चुराके हैदराबाद ले गए और उन्हें अपनी कहके सुनाते फिरे, बड़े-बड़ों से वाहवाही ली। मगर समझनेवाले समझ गए। लखनऊ ख़त लिखे गए। असल शायर को मालूम हुआ, वह हँसके चुप हो रहे। अब तो इतना लोगों ने लखनऊ को बदनाम कर दिया है कि अपने नाम के सामने लखनवी लिखने में शर्म आती है। ऐसे-ऐसे बुज़ुर्ग हैं कि जिनकी पुश्तें देहात में गुज़र गईं, ख़ुद लखनऊ में कुछ रोज़ पढ़ने के लिए या किसी और सिलसिले से रह लिए और लखनवी बन गए, लखनऊ का नाम बेचकर अपना भला करने लगे। उनकी ज़बान नोच ली जाए क्योंकि उन्हें बोलचाल आ भी जाए, लेकिन लहजा नहीं आता।

# तेरह

कानपुर में बसे छह महीने गुज़र गए थे। अब शोहरत के ये हाल थे कि लोग बाज़ारों-गलियों में मेरी गायी हुई ग़ज़लें गाते फिरते थे। शाम को मेरे घर पर अच्छा-ख़ासा मजमा रहता था।

यह गर्मियों के दिनों की बात है। कोई दो बजे का वक़्त होगा। मैं अपने पलंग पर अकेली लेटी थी। मामा बावर्चीख़ाने में खर्राटे ले रही थी। एक ख़िदमतगार कमरे के बाहर बैठा पंखे की डोरी खींच रहा था। ख़स की टट्टियाँ सूख गई थीं। मैं आदमी को आवाज़ दिया चाहती थी कि पानी छिड़क दे, इतने में कमरे के नीचे किसी ने आकर पूछा : लखनऊ से जो रंडी आई है, उसका कमरा यही है ? दुर्गा बनिए ने, जिसकी दुकान नीचे थी, जवाब दिया : हाँ यही है। फिर पूछा गया कि दरवाज़ा कहाँ है ? दुर्गा ने बता दिया।

थोड़ी देर बाद एक बड़ी बी—कोई सत्तर बरस का सिन होगा, गोरी-सी, मुँह पर झुर्रियाँ पड़ी हुईं, बाल जैसे रुई का गोला, कमर झुकी हुई, सफ़ेद मलमल का दोपट्टा, तंज़ेब का कुर्ता, नैनसुख का पाजामा बड़े-बड़े पायचों का पहने, हाथों में चाँदी के मोटे-मोटे कड़े और उँगलियों में अँगूठियों डाले हुए, हाँपती-काँपती आईं और सामने फर्श पर बैठ गईं।

बड़ी बी : लखनऊ से तुम्हीं आई हो ?

मैं : जी हाँ।

इतना कहके मैं पलंग के नीचे उतर आई। पानदान आगे खिसकाया। आदमी को हुक़्क़ा लाने के लिए आवाज़ दी।

बड़ी बी : हमारी बेगम ने तुम्हें याद किया है। लड़के की सालगिरह है। ज़नाना जलसा होगा, तुम्हारा मुजरा तय किया है।

मैं : बेगम साहिबा मुझको क्या जानें ?

बड़ी बी : ऐ, तमाम शहर में तुम्हारे गाने की धूम है। तुम्हारे बुलाने का यह भी सबब है कि बेगम साहिबा ख़ुद भी लखनऊ की रहनेवाली हैं।

मैं : और आप भी तो लखनऊ की हैं ?

बड़ी बी : तुमने क्योंकर जाना ?

मैं : कहीं बातचीत का क़रीना छिपा रहता है ?

बड़ी बी : हाँ, मैं भी वहीं की रहनेवाली हूँ। अच्छा, तो अपना मुजरा बताओ, अभी बहुत काम पड़ा है, मुझे देर होती है।

मैं : मुजरा तो मेरा खुला हुआ है। सब जानते हैं, पचास रुपये लेती हूँ। मगर बेगम साहिबा क्योंकि लखनऊ की रहनेवाली हैं और उन्होंने क़द्र करके बुलाया है, तो उनसे कुछ न लूँगी। जलसा कब है ?

बड़ी बी : आज शाम को। अच्छा तो यह खिचड़ी का तो ले लो, बाक़ी वहाँ आके समझ लेना।

मैंने रुपया ले लिया और कहा : इसकी कोई ज़रूरत न थी। मगर इस ख़याल से कि बेगम साहिबा बुरा न माने रुपया लिए लेती हूँ। अच्छा, अब यह कहिए कि मकान कहाँ है ?

बड़ी बी : मकान तो ज़रा दूर है, नवाबगंज में है। आदमी आएगा, उसी के साथ चली आना। मगर इतना ख़याल रहे कि तुम्हारे मिलनेवाले मर्दज़ात साथ न हों।

मैं : और साजिंदे ?

बड़ी बी : साजिंदे, ख़िदमतगार, इनकी मनाही नहीं है, कोई और न हो।

मैं : जी नहीं, यहाँ मेरा कौन है, जो साथ लाऊँगी !

इतने में ख़िदमतगार ने हुक़्क़ा तैयार किया। मैंने इशारा किया, बड़ी बी के सामने लगाओ। बड़ी बी मज़ा ले-लेके हुक़्क़ा पीने लगीं। मैंने पान लगाया, डली का चूरा एक डिबिया में था, उसकी एक चुटकी डाली और इलायची का दाना पानदान की ढकनियों पर कुचलके गिलौरी बनाके दी।

बड़ी बी : हाय बेटा, दाँत कहाँ से लाऊँ, जो पान खाऊँ !

मैं : आप खाइए तो, मैंने आप ही के लायक़ बनाया है।

बड़ी बी पान खाके बहुत ख़ुश हुईं। कहने लगीं : हाय ! हमारे वतन की तमीज़दारी !

बड़ी बी दुआएँ देके और ताकीद करके कि दिन रहते आ जाऊँ, चली गईं। वाक़ई, वतन की क़द्र बाहर जाके होती है। कानपुर में सैकड़ों जगह मुजरे हुए, मगर जाने का शौक़ अभी तक नहीं हुआ था, जैसे उस दिन था। जी चाहता था कि जल्दी से शाम हो। गर्मियों के दिन पहाड़ होते हैं। ख़ुदा-ख़ुदा करके दिन कटा। जब आदमी आया, तो मैं तैयार थी। साजिंदों का बुला रखा था। सवार होके रवाना हो गई।

बेगम का मकान शहर से कोई घंटा-भर के रास्ते पर था। छह बजे मैं वहाँ पहुँची। नहर के किनारे एक बाग़ था, जिसके चारों तरफ़ मेंड पर काँटेदार पेड़ लगे थे, बिलकुल दीवार बन गई थी। बाग़ अंग्रेज़ी तरह का था, ताड़-खजूर के ख़ूबसूरत पेड़ लगे थे, चारों तरफ़ हरी घास थी, जगह-जगह कंकरों की

पहाड़ियाँ बनी हुई थीं, जिन पर पहाड़ी पेड़-पौधे लगे थे। पक्के तालाब बने थे, जिनमें साफ़ मोती-सा पानी बह रहा था। माली पानी दे रहा था।

सालगिरह की रस्म कोठी में हुई। अंदर से औरतों के गाने की आवाज़ आई। बाहर मैंने मुबारिकबाद गाया। फिर आप-ही-आप एक श्याम कल्याण की चीज़ शुरू कर दी। बेगम साहिबा ने एक अशरफ़ी और पाँच रुपये इनाम के भेजे। थोड़ी देर में शाम हो गई, चाँद निकल आया, चाँदनी फैल गई। तालाब के पानी में चाँद का अक्स लहरों से मिलकर ख़ूब दीख रहा था। तालाब से मिला हुआ ऊँचा चबूतरा था, चारों तरफ़ गिरकर सुहावनी आवाज़ कर रहा था। चबूतरे पर सफ़ेद चाँदनी का फ़र्श बिछा हुआ था। उसी के सामने हम लोग बिठाए गए। सामने चिकें पड़ी हुई थीं। उसके पीछे बेगम साहिबा तशरीफ़ रखती थीं। गाने का हुक्म हुआ। मैंने केदारे की एक चीज़ शुरू कर दी। बड़ी देर तक गाती रही।

उसके बाद साजिंदों को हुक्म हुआ कि तुम लोग शागिर्द पेशे[1] में चले जाओ, खाना भेज दिया जाएगा, अब यहाँ ज़नाना होगा। जब वे लोग चले गए तो बेगम साहिबा चिक से बाहर तशरीफ़ लाईं। मैं इज़्ज़त दिखाने के लिए उठ खड़ी हुई। वह गावतकिए के सहारे बैठ गईं और मुझे सामने बैठने का इशारा किया। मैं तस्लीम करके बैठ गई और बहुत ग़ौर से बेगम साहिबा की सूरत देखने लगी। पहले तो वह बाग़ और वहाँ की ख़ूबसूरती देखकर परिस्तान का शुबहा हुआ था, अब यक़ीन हो गया कि परी मेरे सामने बैठी है। सैकड़ों औरतें मेरी नज़र से गुज़री होंगी, मगर इस बला की ख़ूबसूरती, यह अमीरात का रोब, यह शान, यह भारी-भरकमपन, यह ख़ुशमिज़ाज सूरत और ऊपर से यह सादगी कहीं न देखी थी।

मैं उनकी तरफ़ देखा की। वह भी मेरी तरफ़ बराबर देख रही थीं। एक बार जो आँखें चार हुईं, तो मुझे एक साथ कुछ ख़याल आया कि सूरत पहचानी हुई है। मगर मैं तो उनकी ख़ूबसूरती को ही निहारती रही, जिसे सादगी और भी बढ़ाए दे रही थी और वह भी गोया मुझे पहचानने की कोशिश कर रही थीं। मुझे बार-बार ख़याल आता था, मगर वहाँ कहने का मौक़ा नहीं था। एक महरी पीछे खड़ी पंखा झल रही थी, दो समाने खड़ी थीं; एक के हाथ में चाँदी की लुटिया और दूसरी के हाथ में ख़ासदान था।

बड़ी देर तक न बेगम साहिबा ने मुझसे बातचीत की और न मैं कुछ बोल सकी। आख़िर बातचीत का सिलसिला इस तरह शुरू हुआ कि उन्होंने मेरा नाम पूछा। मैंने हाथ बाँधके नाम बताया। फिर वह पूछने लगीं कि क्या ख़ास लखनऊ मकान है ?

---

1. नौकरों के रहने की जगह।

यह सवाल कुछ इस तरह किया गया था कि मुझे जवाब देना मुश्किल हुआ। अगर कहती कि लखनऊ में ही मेरा मकान है, तो एक शुबहा, जो मेरे दिल में पैदा हुआ था, यह दूर न हो पाता, मतलब ख़त्म हो जाता; और कहती कि फ़ैज़ाबाद, तो बेमौक़े राज़ खुल जाता। आख़िर बहुत सोच-समझके मैंने कहा : जी हाँ, परवरिश लखनऊ में पाई है।

जवाब देने को तो दे दिया, मगर इसके साथ ही ख़याल हुआ कि अब जो सवाल किया जाएगा, तो फिर वही मुश्किल पैदा होगी। आख़िर बेगम साहिबा ने पूछ ही लिया : तो क्या पैदाइश लखनऊ की नहीं है ?

मैं हैरान थी कि क्या जवाब दूँ ! थोड़ी देर तक इस तरह चुप रही कि मैंने सुना ही नहीं। फिर बात टालकर मैंने पूछा : हुज़ूर का दौलतख़ाना लखनऊ मैं है।

बेगम : कभी था। अब तो कानपुर वतन हो गया है।

मैं : मेरा इरादा भी यहीं रहने का है।

बेगम : क्यों ?

मैं : अब क्या कहूँ ? कुछ हालात ऐसे पेश आए कि लखनऊ जाने को जी नहीं चाहता।

बेगम : चलो अच्छा है। तो हमारे पास कभी-कभी चली आया करो।

मैं : आना कैसा ! मेरा तो जाने को जी नहीं चाहता।

बेगम : तुम्हें जंगल पसंद है ?

मैं : मुझे तो पसंद है।

बेगम : जब मैं पहले-पहल आई थी, तो मुझे भी पसंद था। यहाँ शहर से इतनी दूर हैं। और सब बातें तो जाने दो, जब से नवाब कलकत्ता गए हैं, रात को डर के मारे नींद नहीं आती। यों तो ख़ुदा के दिए सिपाही, पासी, ख़िदमतगार, इस वक़्त भी दस-बारह मर्द नौकर हैं, औरतों की गिनती नहीं, मगर फिर भी डर लगता है। मैं दो-चार दिन और राह देखती हूँ, अगर नवाब को आने में देर हुई, तो शहर में कोई मकान ले लूँगी।

ये बातें हो ही रही थीं कि खिलाई बच्चे को ले आई। तीन बरस का लड़का था। माशाअल्ला गोरा-गोरा, ख़ूबसूरत, क्या प्यारी-प्यारी बातें करता था ! बेगम ने गोद में ले लिया। थोड़ी देर खिला-कुदाके फिर खिलाई को देने लगीं। मैंने हाथ बढ़ाके ले लिया।

मैं : यों तो शायद न आती, मगर मियाँ को देखने ज़रूर आऊँगी।

बेगम (मुस्कुराके) : अच्छा किसी तरह हो, आना ज़रूर।

कुछ देर बाद खाने के लिए उठे। बेगम ने पूछा तो मालूम हुआ कि साजिंदों को खाना भेज दिया गया है। खाने के बाद इधर-उधर की बातें हुआ कीं। बेगम ने चुपके-से मेरे कान में कहा : मुझे तुमसे बहुत-सी बातें करनी

हैं, मगर इस वक़्त मौक़ा नहीं। मैंने कहा : अर्ज़ तो मुझे भी बहुत कुछ करना है।

कुछ देर फिर गाना हुआ। इस बार साजिंदे नहीं थे, बेगम की एक ख़ास नौकरानी थी, वह तबला ख़ूब बजाती थी। काफ़ी देर हो गई, तो गाना बंद हुआ, मगर बेगम साहिबा की बातें चला कीं। चाँद छुप गया। अँधेरा हो गया। चारों तरफ़ सन्नाटा था। इसी दौरान गीदड़ बोलने की आवाज़ आने लगी, जिससे दिल हिल गए। हम लोग चुप हो गए। पेड़ों के अँधेरे की तरफ़ देखा न जाता था। इतने में कुत्ते भौंकने लगे। अब तो डर के मारे आवाज़ें बंद हो गईं। इतने में बेगम ने गावतकिए से ज़रा ऊँची होके सामने कुछ देखा और चीख़ मारके मसनद पर गिर पड़ीं।

सब औरतें भी उसी तरफ़ देखने लगीं। मैंने जो नज़र घुमाई, तो क्या देखती हूँ कि सामने से दस-पंद्रह आदमी मुँह पर ढाँटे बाँधे हुए चले आते हैं, हाथों में तलवारें हैं। औरतों के चिल्लाने से बेगम के नौकर-चाकर, ख़िदमतगार, सिपाही, कोई निहत्था, कोई लाठी लिए इसी तरफ़ आ गए। मगर डाकू ज़्यादा थे और यहाँ आदमी कम। नौकरों ने औरतों को पीछे कर दिया और लड़ने-मरने पर आमादा होकर खड़े हो गए। औरतों में किसी को होश न था, सब ग़श खाए पड़ी थीं। एक मैं, ख़ुदा जाने क्या पत्थर का दिल था कि बैठी रही, गोकि मारे हौल के दम निकला जाता था।

बेगम के आदमियों में से, जिनके पास हथियार थे, वे आगे बढ़ने को ही थे कि एक सरफ़राज़ नाम के सिपाही ने उन्हें रोका और कहा : ठहरो, जल्दी न करो, पहले इनको अंदाज़ लेने दो। फिर उसने चिल्लाकर डाकुओं से कहा : तुम लोग किस इरादे से आए हो ?

एक डाकू : जिस इरादे से आए हैं, तुम्हें अभी मालूम हो जाएगा।

सरफ़राज़ : वही मैं पूछता हूँ, जान चाहते हो या माल ?

डाकू : हमें जान से कोई गरज़ नहीं, कोई बाप-मारे का बैर नहीं है! हाँ, जिस इरादे से आए हैं उसमें बीच में आओगे, तो देखा जाएगा।

सरफ़राज़ (कुछ सख़्त होकर) : तो क्या बहू-बेटियों की इज़्ज़त लोगे ? अगर यह चाहते हो तो फिर हो जाए...

सरफ़राज़ बात पूरी न कर पाया था कि डाकू ने जवाब दिया : ना साहब, किसी की बहू-बेटी से क्या वास्ता ! क्या हमारे बहू-बेटियाँ नहीं हैं ? औरतों को कोई हाथ नहीं लगा सकता।

डाकू की आवाज़ पर मुझे कुछ शुबहा-सा हो रहा था।

सरफ़राज़ : तो फिर हम तुम्हें कोठी के कमरों की कुंजियाँ मँगाए देते हैं। जो औरतें वहाँ हैं, उनको यहाँ बुलवाए लेते हैं। घर के मालिक की बेगम यहीं हैं। तुम शौक़ से वहाँ जाओ, जो चाहे ले जाओ, लेकिन औरतों की

तरफ़ आँख न उठाना।

डाकू : इसमें दग़ा न हो।

सरफ़राज़ : सिपाही का पूत दग़ा नहीं देता।

डाकू आगे बढ़ा : तो कुंजियाँ लाओ !

इतना कहना था कि मेरी-उसकी निगाह चार हुईं। मैंने तो पहले ही पहचान लिया था, बोलना भी चाहती थी, मगर दहशत ऐसी सवार थी कि मुँह से बोल न निकलता था। नज़रें मिलते ही उसने पहचान लिया। उसने आगे बढ़के कहा : भाभी, तुम यहाँ कहाँ ?

मैं : जब से तुम्हारे भाई क़ैद हुए, मैं यहीं हूँ।

फ़ज़ल अली : यहाँ किसके पास ?

मैं : रहती तो शहर में हूँ, मगर मेरी एक बहन बेगम साहिबा के पास नौकर हैं, उनसे मिलने आई थी।

फ़ज़ल अली : कहाँ हैं ?

मैं : यहीं हैं, जबसे तुम लोगों के आने का हंगामा हुआ, बेचारी ग़श में पड़ी हैं, पर्दानशीन हैं।

फ़ज़ल अली ने अपने साथियों से कहा : यहाँ से एक पैसे की चीज़ लेना मेरे लिए हराम है और न मैं इस मामले में तुम्हारे साथ हूँ।

एक डाकू : तो फिर आए क्यों थे ?

फ़ज़ल अली : किसी का कुछ ख़याल भी है ? मुझसे तो नहीं हो सकता कि फ़ैज़ू भाई की आशना और उसकी बहन का माल लूटें या जिनका वो नमक खाती हैं, उनको तकलीफ़ पहुँचाएँ। वह जेल में सुनेगा तो क्या कहेगा !

इस पर डाकुओं में आपस में झगड़ा होने लगा। सब फ़ज़ल अली का दवाब मानते थे, बग़ैर उसके कोई दम नहीं मार सकता था। मगर ख़ाली हाथ फिर जाना भी कोई ऐसी-वैसी बात नहीं थी। डाकू गुल मचाने लगे : फ़ाक़ों मरते हैं, एक मौक़ा मिला, तो इसे ख़ाँ साहब छोड़ देते हैं, आख़िर खाएँगे क्या, पेट कहाँ से पालें ?

इतने में एक आदमी उसके गिरोह में यह कहता हुआ निकला : ख़ाँ साहब, मैं भी तुम्हारे साथ हूँ।

ग़ौर से देखा, तो मालूम हुआ वह फ़ैज़ अली का साईस है। मैंने उसे बुलाया, अलग ले जाके बातें कीं और वह अशरफ़ी और रुपए, जो बेगम साहिबा ने इनाम दिए थे, चुपके से उसे दे दिए।

फ़ज़ल अली ने सरफ़राज़ से कहा : भाई, मैं तुम्हारे साथ हूँ। अब तुम जानो और ये लोग।

सरफ़राज़ : मैं इन लोगों को भी राज़ी किए देता हूँ; मगर यहाँ से चलो। औरतें परेशान हो रही हैं, सरकार ग़श में पड़ी हैं। ज़रा उनको होश में आने

दो, हम तुम लोगों को ख़ुश कर देंगे।

डाकू वहाँ से चले गए। बेगम साहिबा अभी तक बेहोश थीं, दाँत बैठ गए थे। मैं तालाब से पानी लाई, मुँह पर छिड़कने लगी। बड़ी मुश्किल से होश में आईं। मैंने कहा : सँभलके बैठिए, ख़ुदा की मेहरबानी से वह आफ़त टल गई, जमा ख़ातिर रखिए।

और औरतों को भी पानी छिड़कके उठाया। मैंने कुल क़िस्सा बयान किया। बेगम साहिबा सुनके बहुत ख़ुश हुईं। सरफ़राज़ ख़ाँ ने आकर कहा : सरकार कुछ दे दीजिए, बग़ैर इसके काम न चलेगा। इस वक़्त ये यहाँ न होतीं, तो मालूम नहीं क्या होता !

बेगम ने संदूक़चा मँगाया, पाँच सौ नक़द और पाँच सौ का सोने-चाँदी का ज़ेवर देकर उन्हें टाला। सबकी जान-में-जान आई। बेग़म ने मुझसे कहा : क्यों उमराव जान बाग़ में रहने का मज़ा देखा ?

मैं क्या जवाब देती !

सुबह के तीन बज गए थे। सब लोग उठ-उठके कोठी में गए। उन लोगों के साथ मैं भी उठी। कोठी के बरामदे में मेरे लिए भी पलंग बिछा दिया गया था। नींद किसे आती है ! रात-भर जागती रही। सुबह के वक़्त आँख लगी। तभी मेरे ख़िदमतगार सवारी लेके आ गए। मुझे जगवाया गया। मैं आँख मलती बाहर गई, तो मालूम हुआ कि घर पर लखनऊ से मेहमान आए हैं। मैं समझ गई कि हो-न-हो, पता लग गया होगा, गौहर मिर्ज़ा और बुआ हुसैनी आए होंगे।

# चौदह

घर पर आके देखती हूँ कि मेरा ख़याल सही था। बुआ हुसैनी गले से लिपट गई, रोने लगीं। मैं भी रोने लगी।

बुआ हुसैनी : अल्लाह बेटी, क्या पत्थर दिल कर लिया है ! किसी की मुहब्बत ही नहीं।

मैं अपनी जगह पर शर्मिंदा थी। क्या जवाब देती !

मामूली बातचीत के बाद बुआ हुसैनी ने उसी दिन लखनऊ चलने का इरादा कर दिया। मैंने लाख कहा कि ठहर जाओ, जल्दी क्या है ! पर उन्होंने न माना। ज़्यादा जल्दी की वजह यह थी कि मौलवी साहब बीमार थे, बुआ हुसैनी को दम-भर ठहरना बुरा लग रहा था, वह तो मेरी मुहब्बत थी कि जो चली भी आईं। वह दिन कानपुर से सामान, तोहफ़े वग़ैरा ख़रीदने और मकान का किराया देने, नौकरों का हिसाब करने और लेने-देने में चला गया। पूरी शिकरम किराये पर ली, ज़रूरी सामान उस पर लादा, बाक़ी नौकरों को दिया। दूसरे दिन लखनऊ पहुँच गई। फिर वही मकान, वही कमरा, वही दाना-पानी :

दश्ते-जनूँ की सैर में बहला हुआ था दिल
ज़िंदा में लाए फिर मुझे अहबाब घेर के।

फिर रईसों-अमीरों, नवाबों-शहज़ादों की मुजराइयों में नाम हो गया। सोज़ख़्वानी के लिए बड़े-बड़े महलों में बुलाई जाती। सन् '57 का इंक़लाब आया। लखनऊ की शाही फ़ौज ने मिर्ज़ा बिरजीस क़दर को बादशाह बनाया। मैं भी मुबारिकबाद देने गई। उस ज़माने में शहर में अंधेर हो रहा था, कहीं इसके गोली लगी, कहीं उस पर क़यामत आई। मगर हमारे मकान के दरवाज़े पर एक फ़ौजी अफ़सर रहते थे। इस थोड़े दिन की हुकूमत में बिरजीस क़दर की ग्यारहवीं सालगिरह बड़ी धूमधाम से मनाई गई। उस मौक़े पर मैंने एक ग़ज़ल गायी थी, जिसका पहला शेर था :

दिल हज़ारों के तेरी भोली अदाएँ लेंगी,
हसरतें चाहने वालों की बलाएँ लेंगी।

ग्यारह शेर कहे थे, मगर अब इसके सिवा याद नहीं। बहुत दिन तक ग़ज़ल लिखी पानदान में रखी रही। लेकिन जिस दिन बिरजीस क़दर की माँ बेगम हज़रत महल क़ैसर बाग़ से निकली हैं और मय शाही फ़ौज के शहर छोड़कर कूच किया है, उस दिन के हौल में वह निगोड़ा पानदान क्या, जूतियाँ और दोपट्टे तक खो गए। मैं भी क़ैसर बाग़ से बेगम साहिबा के साथ निकली; बौंडी तक गई। बौंडी में क़याम हुआ, वहाँ का बाज़ार लखनऊ का चौक हो गया। लखनऊ से भागकर सब वहीं पहुँच गए। जब बहराइच से अंग्रेज़ी फ़ौज ने बौंडी पर हमला किया, तो सभी मारे गए। बेगम साहिबा बिरजीस क़दर को लेकर नेपाल की तरफ़ निकल गईं। मैं जान बचाके हज़ार मुश्किल से फ़ैज़ाबाद पहुँची। पहले सराय में उतरी, फिर एक कमरा किराये पर ले लिया, मीरासी रख लिए, गाना-बजाना शुरू हुआ।

फ़ैज़ाबाद में रहते हुए छह महीने हो गए। वहाँ की आबोहवा बहुत माफ़िक़ थी, दिल लगा हुआ था। शहर-भर में मेरे गाने की धूम थी। जब मुजरा होता, तो हज़ारों आदमी टूट पड़ते। मेरे कमरे के नीचे लोग तारीफ़ें करते हुए निकलते। मैं ख़ूब ख़ुश होती। कभी-कभी बचपने की बातें याद आतीं। लेकिन कलेजा पत्थर का हो चुका था, चुप हो जाती। फिर माँ-बाप की तस्वीर आँखों के सामने से गुज़र जाती, ख़याल आता कि मालूम नहीं ज़िंदा हैं या मर गए। लेकिन सोचती, मुझसे क्या मतलब, वह और दुनिया में, मैं और दुनिया में। लखनऊ की याद भी सताती, मगर जब इंक़लाब का ख़याल आता, दिल भर जाता। सोचती कि ख़ानम जीती होंगी, तो अब उनसे क्योंकर निबाह होगा ! यह भी ख़याल आता, कहीं बाग़ियों में नाम न लिखा हो, जो जाऊँ, तो मुसीबत में फँसूँ।

एक दिन कमरे पर बैठी हुई थी कि एक अधेड़ उम्र शरीफ़ तशरीफ़ लाए। बातचीत के दौरान मालूम हुआ कि बहूबेगम साहिबा के ख़ानदानवालों में हैं। मैंने मक़बरे की रोशनी का ज़िक्र करके पूछा : पुराने नौकरों में अब कोई रह गया है ?

शरीफ़ : अक्सर मर गए। नए-नए नौकर हैं। अब वह कारख़ाना ही नहीं रहा। नया इंतज़ाम है।

मैं : पुराने नौकरों में एक जमादार थे ?

शरीफ़ : हाँ थे, मगर तुम उन्हें क्या जानो ?

मैं : ग़दर से पहले एक बार मुहर्रमों में फ़ैज़ाबाद आई थी। मक़बरे पर रोशनी देखने गई थी। उन्होंने बड़ी ख़ातिर की थी।

शरीफ़ : वही जमादार न, जिनकी लड़की निकल गई थी।

मैं : मुझे क्या मालूम ! (दिल में हाय, अफ़सोस अब तक मशहूर है।)

शरीफ़ : यों तो कई जमादार थे, मगर ग़दर से पहले रोशनी का इंतज़ाम

उनके ही ज़िम्मे था।

मैं : एक लड़का भी था उनके ?

शरीफ़ : तुमने लड़के को कहाँ देखा ?

मैं : उस दिन उनके साथ था। ऐसी शक्ल कम मिलती है। मैंने देखकर समझ लिया था कि उनका लड़का होगा।

शरीफ़ : जमादार ग़दर से पहले ही मर गए। अब उनकी जगह पर लड़का है।

इसके बाद बात टालने के लिए मैंने और कुछ हालात इधर-उधर के पूछे। थोड़ी देर बातें किया किए। फिर दो गाने सुनकर वह चले गए, तो मैं बाप के मरने पर रात-भर रोया की। बहुत जी चाहा कि भाई को जाकर देख आऊँ।

दो दिन बाद एक मुजरा आया। वहाँ गई, तो देखा कि बहुत पुराना इमली का पेड़ है, उसी के नीचे शामियाना ताना गया था। चारों तरफ़ बहुत बड़ा मजमा था, मगर लोग कुछ ऐसे-ही-वैसे थे। क़नातों के पीछे खपरैलों में औरतें थीं। उस जगह को देखकर तबीयत बहुत परेशान होती थी, दिल उमड़ा चला आता था, रह-रहकर ख़याल आता था कि यही मेरा मकान है, यही वह इमली का पेड़ है, जिसके नीचे मैं खेलती थी। जो लोग महफ़िल में शरीक थे, उनमें से बाज़ आदमी ऐसे मालूम होते थे कि पहचाने हुए हों।

मेरा पहला मुजरा नौ बजे शुरू हुआ और बारह बजे तक चला किया। गाने के बाद मैं शामियाने के बाहर निकली, घरों की क़तार को देखा। कुछ और तरह की थी, जिससे ख़याल हुआ कि शायद वह जगह न हो। एक मकान के दरवाज़े को ग़ौर से देखा की। दिल को यक़ीन हो गया, यही मेरा मकान है। जी चाहता था कि घर में घुस जाऊँ, माँ के क़दमों में गिर जाऊँ। मगर हिम्मत न होती थी, क्योंकि मैं जानती थी कि क़स्बों में रंडियों से परहेज़ करते हैं और बाप-भाई की इज़्ज़त का ख़याल था। फिर ख़याल आया कि हाय, ग़ज़ब है, एक दीवार की आड़ है, उधर मेरी माँ बैठी होंगी और इधर मैं उन्हें देखने के लिए तड़प रही हूँ, एक नज़र देखना भी मुमकिन नहीं !

इसी उधेड़बुन में थी कि एक औरत ने आके पूछा : तुम्हीं लखनऊ से आई हो ?

मेरा कलेजा हाथों उछलने लगा। मैंने कहा : हाँ।

औरत : अच्छा, तो इधर चली आओ, तुम्हें कोई बुलाता है।

मैं अच्छा कहके साथ हो ली। एक-एक पाँव गोया सौ-सौ मन का हो गया था, क़दम रखती थी कहीं और पड़ता था कहीं और। वह औरत उस मकान के दरवाज़े पर मुझे ले गई, जिसे मैं अपना मकान समझती थी। मकान की ड्योढ़ी पर मुझको बिठा दिया गया। अंदर के दरवाज़े पर टाट का परदा

आफ़ियत सुन लिया करेंगे।

जवान : ख़ुदा के लिए किसी से हमारा ज़िक्र न करना।

मैं : अच्छा।

वह जवान तो उठके चला गया। मैं अपने ग़म में पड़ी रही। मामा ने और जान खाना शुरू किया कि कौन था। मैंने झुँझलाके कह दिया, "रंडी के मकान पर हज़ार आदमी आते हैं। कोई थे, तुम्हें क्या !" किसी तरह से मामा को टाल दिया। जैसे-तैसे रात काटी। सुबह उठते ही लखनऊ चलने की तैयारी शुरू कर दी। शामों-शाम शिकरम किराये करके रवाना हो गई।

# पंद्रह

लखनऊ में आकर ख़ानम के मकान पर उतरी। वही चौक, वही कमरा, वही हम। बाहर की दुनिया कुछ बदल गई थी। पुराने आनेवालों में कुछ कलकत्ता चले गए थे, कुछ और शहरों में निकल गए थे। शहर में नया इंतज़ाम था, नए क़ानून जारी थे। आसफ़ुद्दौला के इमामबाड़े में क़िला बना हुआ था। मैं दो-चार महीने ख़ानम के मकान में रही। इंक़लाब के साथ ख़ानम की तबीयत भी कुछ बदल गई। मिज़ाज में कुछ बेपरवाही आ गई थी। जो रंडियाँ अलग हो गई थीं, उनका ज़िक्र ही क्या, जो साथ रहती थीं, उनके रुपये-पैसे से भी कोई वास्ता-गरज़ न थी। ग़दर के दौरान उनका मकान भी लुटा था, मगर फिर भी कुछ कमी न थी। जितना गया उतना फिर आ गया। इसलिए जब मैं अलहदा हुई, तो उनके मिज़ाज के ख़िलाफ़ न गुज़रा। मैं दूसरे-तीसरे उनको जाकर सलाम कर आती थी। वह भी अपने को बराबर मेरा सरपरस्त समझती रहीं।

जब मैं फ़ैज़ अली के साथ भागनेवाली थी, तो उसके दिए तमाम ज़ेवर, अशरफ़ियाँ और रुपये, जो कम-से-कम दस-पंद्रह हज़ार का माल होगा, एक पिटारी में बंद किया और ऊपर से ख़ूब कपड़ा और गूदड़ लपेटके एक पोटली बनाई। ख़ानम के मकान के पिछवाड़े एक मीर साहब रहते थे। इमामबाड़े के कोठे की दीवार पर चढ़ जाओ, तो उनके मकान का सामना होता था। मैं अकसर चारपाई लगाकर उस दीवार पर चढ़ जाया करती थी और मीर साहब की बहन से बातें किया करती थी। वह पिटारी गूदड़ों में लपेटके मैंने मीर साहब की बहन को दे दी थी और हाथ जोड़के कहा था : इसको हिफ़ाजत से रखना। उन्होंने फ़ैज़ाबाद से लौटने पर वह पिटारी मेरे हवाले कर दी। ग़दर में तमाम दुनिया के घर लुटे, अगर कह देतीं कि लुट गई, तो मैं उनका क्या कर लेती ? मगर वाह री बीबी ! एक पैसे तक का नुक़सान नहीं किया। ऐसे ही लोगों से ज़मीन-आसमान थमते हैं, नहीं तो कब की क़यामत आ जाती।

वह दौलत ग़दर में तो न लुटी, मगर मेरे पास भी न रही। ग़दर में लुट जाती, तो इतना अफ़सोस न होता। एक मेहरबान थे, मैं अपनी ज़बान से

क्यों नाम लूँ? हालाँकि दूसरे लोग कहते हैं कि गौहर मिर्ज़ा थे। उन्होंने अपना घर भर लिया। ख़ुद चैन से रहते हैं, मुझे पूछते भी नहीं। लेकिन मुझे कोई शिकायत नहीं। रंडी से जब तक वास्ता रहा, आते रहे; जब वास्ता न रहा, आना छोड़ दिया। उनकी बीवी नेक हैं। उनसे मुझे मुहब्बत हो गई है, वह बुला लेती हैं, मैं चली जाती हूँ। अब भी जो होता है, दे ही आती हूँ। जो माल गया, उसकी कोई हक़ीक़त नहीं। हाथों का मैल था, अब भी कोई मैं नंगी-भूखी नहीं रहती, अपने पैदा करनेवाले की बलिहारी! बस, बात-की-बात है।

जब मेरी दौलत के चर्चे थे, उसी ज़माने में नवाब साहब महमूद अली ख़ाँ आते थे। उनसे तपाक बढ़ा। पहले नौकर रखा, फिर मुझे घर रखना चाहते थे। मैं अपनी ज़बान से न कहूँगी कि मेरे माल पर नज़र थी, ग़ैर यही कहते हैं। मैंने इनकार किया, तो नवाब साहब ने अदालत में दावा दायर कर दिया कि मुझसे निकाह हुआ है। अजीब आफ़त में जान फँसी। काफ़ी रुपया ख़र्च हो गया। पहली अदालत का फ़ैसला नवाब साहब के हक़ में हुआ। मैंने अपील की, तो नवाब साहब हार गए। फिर उन्होंने अपील की और वह फिर हारे। इस मुक़दमेबाज़ी में एक चलते-पुर्ज़े पैरोकार अकबर अली ख़ाँ से बहुत मदद मिली। वह हर तरह का जालसाज़ी का काम करते थे। मुक़दमेबाज़ी में सिर्फ़ सच्चाई से नहीं जीता जा सकता। सच्चा वाक़या यह था कि नवाब का दावा बिलकुल झूठा था। लेकिन झूठी गवाही बनाकर शुरू में वह जीत गए थे। उनके मुक़ाबले अकबर अली ख़ाँ के आने पर ही मैं क़ामयाब हो सकी।

अकबर अली ख़ाँ ने मुझसे एक पैसा न लिया, बल्कि ख़ुद अपने पास से ही ख़र्च किया होगा। जब पहली अदालत से मैं हार गई, तो अपील करने तक मुझे छुपकर रहना पड़ा। इस ज़माने में अकबर अली ख़ाँ ने मुझे अपने यहाँ रखा। उनकी बीवी बड़ी समझदार थीं। मुझे बहुत मानती थीं। मेरी वजह से पास और मुहल्ले की औरतों से झगड़े भी हुए। उनके यहाँ रहकर मुझे मालूम हुआ कि शरीफ़ आदमियों में छुपे-छुपे किस तरह एक-दूसरे की बहू-बेटियों से वास्ता रहता है। और इसी तरह से शरीफ़ मर्द और औरतें हमें गाली देती हैं! मेरा तो एक-एक बाल गुनहगार है; मगर वहाँ कम गुनाह नहीं होते। अकबर अली ख़ाँ की बीवी ये सब समझती थीं।

ख़ैर, यह सब क़िस्सा ख़त्म होने के बाद मैं फिर अपने मकान पर आकर रहने लगी। पैदा करनेवाला खिलाता है। जो कुछ नाच-मुजरे आ जाते थे, उन पर गुज़र-बसर थी। वैसे मैं किसी से कम ख़ुशहाल न थी। साज-सामान, नौकर-चाकर, सब कुछ था। रजब की नौचंदी थी। मेरे दिल में आया, चलो दरगाह चलें, ज़ियारत ही करें। सरे-शाम सवार होकर पहुँची। बड़ा मजमा

था। मैं काफ़ी देर वहाँ रही। जब वापस चलने को थी, तो देखती क्या हूँ कि कानपुरवाली बेगम साहिबा चली आती हैं। बड़े ठाठ हैं, भारी जोड़ा पहने हुए हैं, चार-पाँच महरियाँ साथ हैं, कोई पंखा झलती आती है, तो कोई हाथ में ख़ासदान लिए है। नज़दीक आकर उन्होंने मेरे कंधे पर हाथ रखा और कहा : अल्लाह उमराव ! तुम तो बड़ी बेमुरव्वत निकलीं। कानपुर से जो ग़ायब हुईं तो आज मिलीं, वह भी इत्तफ़ाक़ से।

मैं : क्या कहूँ ! जिस रात को आपके बाग़ में रही थी, उसी सुबह को लखनऊ से लोग आके मुझे पकड़ लाए। फिर भागड़ हुई, ख़ुदा जाने कहाँ-कहाँ मारी फिरी।

बेगम : अब तो हम-तुम दोनों लखनऊ में हैं।

उन्होंने मुझसे अपने यहाँ आने की ज़िद की। मैंने अगले जुमेरात का वायदा किया। उन्होंने मेरा पता पूछा, मैंने उनका। काफ़ी देर बातें हुआ कीं। आख़िर उनकी महरी ने कहा : सवारी तैयार है। और वह चली गईं। मैं भी चली आई।

दूसरे दिन ख़ानम का आदमी आया। उनकी तबीयत कुछ ख़राब थी। उन्हें अपनी सभी नौचियों से मुहब्बत थी—मुझसे तो ख़ासतौर से। जिस कमरे में मैं रहती थी, वह बराबर मेरे लिए बंद रहता था। उसमें मेरा सामान था और मेरा ताला लगा हुआ था। मैं अलग रहते हुए भी जब चाहती, वहाँ आकर रहने लगती थी। साल-भर कहीं रहूँ, मुहर्रम में वहीं रहती थी। जब तक ख़ानम ज़िंदा रहीं, मेरे नाम का ताज़िया बराबर रखवाती थीं। उनकी बीमारी का हाल सुनते ही मैं फ़ौरन चली गई। बिस्मिल्ला जान से ख़ानम को बहुत तकलीफ़ पहुँची थी, मगर आख़िर तो औलाद थीं। वह भी मौजूद थीं। अमीर जान ने भी अलहदा कमरा ले लिया था, मगर बराबर आती रहती थीं, इस वक़्त भी आ गईं। ग़दर के बाद ख़ुर्शीद जान वापस आ गई थीं, वह तो ख़ानम साहब के साथ ही रहती थीं।

ख़ानम साहब की मिज़ाजपुरसी के बाद जब मैं अपने घर वापस जाने को हुई, तो जी चाहा कि कमरे से एक भारी जोड़ा निकालती ले चलूँ। कमरा खोला, तो देखा कि चारों तरफ़ जाले लगे हैं, पलंग पर मनों गर्द जमा है, फ़र्श उलटा पड़ा है, इधर-उधर कूड़ा है। यह हाल देखकर मुझे अपने अगले दिन याद आए। अल्लाह, एक दिन वह था, जब यह कमरा हर वक़्त सजा-सजाया रहता था, दिन में चार मर्तबा झाड़ू होती थी, गर्द का नाम न था, तिनका तक दिखाई न देता था। अब यह हाल है कि दम-भर बैठने को जी नहीं चाहता। नौकर साथ था। मैंने उससे कहा, "ज़रा जाले तो ले ले।" उसने सफ़ाई कर डाली, दरी बिछाई, चाँदनी ठीक की, पलंग का बिस्तर झाड़ा, क़ायदे से बिछाया। सिंगारदान, पानदान, ख़ासदान, उगलदान साफ़ कराके सब चीज़ें अपने-अपने

क़रीने से रखीं, जैसे किसी ज़माने में रखी जाती थीं। शीशा सामने रखके देखने लगी, तो जवानी के दिन याद आए और उन सब लोगों की शक्लें नज़र के सामने गुज़र गईं, जो इस कमरे में आके बैठे थे। इतने में नौकर ने ज़ोर से एक चीख़ मारी : बीबी देखिए, वह कनखजूरा आपके दुपट्टे पर चढ़ा जाता है !

'ऊई' कहके मैं उठ खड़ी हुई। जल्दी से दुपट्टा उतारके दूर फेंक दिया। नौकर ने दुपट्टा उठाके झाड़ा, तो कनखजूरा टप्प से ज़मीन पर गिरा और जल्दी से रेंगकर पलंग के दाहिने पाए के नीचे घुस गया। नौकर ने पलंग उठाया। अब जो देखते हैं, तो पाए के नीचे पाँच अशरफ़ियाँ बराबर बिछी हुई हैं। नौकर को देखके ताज्जुब हुआ। मैं हँसी और मुझे एक साथ ख़याल आया कि ये वे अशरफ़ियाँ हैं, जो नवाब सुलतान ने अपने ख़िदमतगार शमशेर ख़ाँ की मार्फ़त पहले दिन पर्चे के साथ भिजवाई थीं और मैंने बुआ हुसैनी से छिपाकर यहाँ रख दी थीं। तब से ज़माना बदल गया, लेकिन पलंग को किसी ने अपनी जगह से न हटाया। ग़दर में मकान लूटा, लेकिन तो भी यह पलंग यहीं रहा और मेरे क्या-क्या हाल हुए ! मुझे नवाब सुलतान की शक्ल याद आई और वे तमाम बातें, जो उस शाम हुई थीं, उसके बाद उनसे मिलना और उनकी वज़ेदारी !

मैं घर आ गई, तो जिस दिन तय था, कानपुरवाली बेगम साहिबा की महरी सुबह-सुबह बुलाने को आ गई। मैं अभी सोके उठी थी, अच्छी तरह हुक़्क़ा भी न पी पाई थी, उसने जल्दी मचाना शुरू कर दिया। मैं सोचे थी कि खाना-दाना करके जाना होगा, महरी ने कहा : बेगम साहिबा ने आपको सर की क़सम दी है खाना यहीं आके खाना।

मैंने नवाब साहब के बारे में पूछा, तो उसने बताया कि सुबह से उठके गाँव को सिधारे हैं; आए, तो शाम को आएँगे। मुझे बेगम से बहुत बातें करनी थीं। हाथ-मुँह धोके कंघी-चोटी की, कपड़े पहने और एक मामा को साथ लेके रवाना हो गई। जाके जो देखा, तो बेगम साहिबा इंतज़ार में बैठी हैं। फ़ौरन दस्तरख़ान बिछा, मैंने और बेगम साहिबा ने साथ बैठके खाया। बहुत तकल्लुफ़ का खाना था—पराँठे, क़ोरमा, कई तरह का सालन, बालाई, महीन चावलों का खुश्का, नौरतन चटनी, सेब का मुरब्बा।

खाना खाके बेगम साहिबा ने चुपके-से मेरे कान में कहा : क्यों, वह करीम के घर की अरहर की दाल और ज्वार की रोटियाँ भी याद हैं ?

मैं : चुप भी रहो, कोई सुन न ले।

बेगम : सुन लेगा, तो क्या होगा ? क्या कोई जानता नहीं ? नवाब की माँ ने, ख़ुदा उन्हें जन्नत दे, मुझे नवाब के लिए मोल लिया था।

मैं : ख़ुदा के लिए चुप भी रहो। कहीं अलहदा चलो, तो बातें होंगी।

खाना खाके हाथ-मुँह धोया, पान खाया, महरी ने हुक़्क़ा लाके लगाया। बेगम ने सबको टाल दिया।

मैं : तुमने मुझे पहचान लिया ?

बेगम : जब तुम्हें पहले-पहल कानपुर में देखा था, उसी दिन पहचान लिया था। पहले तो बड़ी देर तक उलझन रही, दिल में कहती थी मैंने इन्हें कहीं देखा है, मगर कहाँ देखा है, यह याद नहीं आ रहा था। चारों तरफ़ ख़याल दौड़ाती थी, कुछ समझ ही में न आता था। इतने में करीमन महरी पर नज़र पड़ी। करीमन के नाम पर मुंडीकाटे करीम का नाम याद आ गया। दिल ने कहा कि हो-न-हो, तुम्हें करीम के मकान पर देखा है।

मैं : मेरा भी यही ख़याल था। बड़ी देर तक ग़ौर किया की, तब याद आया।

बेगम : अब मेरा हाल सुनो। मैं जब तुमसे जुदा हुई, तो नवाब साहब की माँ के हाथ बिकी। तुम्हें याद होगा, उस वक़्त मेरा सिन कोई बारह का रहा होगा। नवाब का सोलहवाँ बरस था। इनके अब्बा कानपुर में रहते थे। बेगम साहिबा से झगड़ा था। उन्होंने नवाब की शादी अपनी बहन की लड़की के साथ ठहराई थी, जिनका मकान दिल्ली में था। बेगम साहिबा को वह शादी करना मंजूर नहीं था। वह इनकी शादी अपने भाई की लड़की से करना चाहती थीं। अभी यह झगड़ा तय हुआ था कि नवाब के दुश्मनों की तबीयत कुछ ख़राब हो गई। हकीमों ने कहा, बहुत जल्दी शादी कर दी जाए, वरना पागलपन हो जाएगा। शादी होना तो किसी तरह मुमकिन नहीं था। इतने में मैं आ गई। बेगम साहिबा ने मुझे ख़रीद लिया।

यह मेरी तरफ़ झुके और ऐसे झुके कि दोनों शादियों से साफ़ इनकार कर दिया। थोड़े दिनों के बाद ख़ुदा का करना ऐसा कि बेगम साहिबा चल बसीं और उसके चंद ही दिनों बाद बड़े नवाब भी मर गए। माँ-बाप दोनों जायदादवाले थे, यह इकलौते लड़के थे। कुछ दौलत इन्हें मिली। ख़ुदा इन्हें सलामत रखें, इनकी बदौलत बेगम साहिबा बनी बैठी हूँ और चैन करती हूँ। मुझे इस तरह चाहते हैं, जैसे कोई अपने सहरे-जलसे की बीवी को चाहता है। मेरी ज़ाहिर में तो किसी तरफ़ निगाह उठाके भी नहीं देखा, यों अपने यार-दोस्तों में जो करते हों। आख़िर मर्दज़ात हैं, कुछ मैं इनके पीछे तो फिरती नहीं। ख़ुदा ने मेरी सब आरज़ुओं को पूरा किया। औलाद की चाह थी, ख़ुदा के सदक़े वह भी है। अब अगर आरज़ू है, तो यह कि ख़ुदा इसे परवान चढ़ाए, बहू ब्याहके लाऊँ और पोता खिलाऊँ। फिर चाहे मर जाऊँ, नवाब के हाथों मिट्टी हो जाए। अब तुम अपना हाल सुनाओ।

जब रामदेई ये बातें कर रही थी, मुझे अपनी क़िस्मत पर बहुत अफ़सोस हो रहा था और दिल-ही-दिल में कह रही थी कि अगर तक़दीर हो, तो ऐसी

हो। एक मेरी फूटी तक़दीर थी कि बिकी, तो कहाँ रंडी के घर में। इसके बाद थोड़े में मैंने अपना हाल सुना दिया। जब ये बातें ख़त्म हो चुकीं, तो नौकरों को आवाज़ दी; तबले की जोड़ियाँ, सितार, तंबूरा, सब साज़ मँगाया। गाने-बजाने का जलसा होने लगा। जब हम दोनों अकेले थे, तो वह रामदेई थी और मैं अमीरन; सबके सामने वह बेगम साहिबा और मैं उमराव जान। शाम होने तक बड़े मज़े की सोहबत रही।

शाम के क़रीब महल में नवाब साहब के आने का शोर हुआ। वह बेतकल्लुफ़ी की सोहबत बिखर गई। तबलें की जोड़ी, सितार, तंबूरा, सब हटा दिया गया। छिपनेवालियाँ पर्दे के पीछे हो गईं। सब लोग अपने-अपने क़रीने से हो गए। मैं भी बेगम से अलग हटकर क़ायदे से बैठ गई। जिस दालान में हम लोग बैठे थे, वहाँ से दरवाज़े का सामना था। पर्दा पड़ा हुआ था। नवाब के इंतज़ार में उस पर्दे की तरफ़ निगाहें लगी हुई थीं। इतने में ख़िदमतगार ने चिल्लाके कहा, "नवाब साहब आते हैं।"

ज़रा-सी देर के बाद महरी ने पर्दा उठाके कहा, "बिस्मिल्ला-अर-रहमान-अरहीम !"

नवाब अंदर दाख़िल हुए।

मैंने जो देखा, एक नज़र से पहचान गई। यह नवाब सुलतान साहब थे। ख़याल हुआ कि किस मौक़े पर सामना हुआ। नवाब की निगाह मुझ पर पड़ी। पहले तो कुछ झिझके, फिर ग़ौर से मेरी तरफ़ देखते हुए आगे बढ़े। मैं उनकी तरफ़ देख रही थी और वह मेरी तरफ़। दालान के क़रीब आए, तो भी बराबर मुझे देखे जा रहे थे।

बेगम : ओई नवाब, देखते क्या हो ? वही उमराव जान हैं कानपुरवाली, मैंने इन्हीं का तुमसे तज़किरा किया था।

वह फ़र्श के क़रीब पहुँच गए। सब इज़्ज़त करने के लिए उठ खड़े हुए। नवाब मसनद पर बेगम के पहलू में ज़रा खिसकके बैठ गए। शाम हो गई थी। दो कँवल जलाके सामने रख गए। बेगम पान बनाने लगीं। इसी दौरान नवाब आँख बचाके मुझे देख लेते थे, मैं उन्हें। ज़बान से कुछ कहने का मौक़ा नहीं था। नज़रों से जो कुछ कहना था कह लिया, तो अजनबी बनकर नवाब बोले : उमराव जान साहब, वाक़ई हम तो आपके बहुत एहसानमंद हैं। कानपुर में उस रात आपकी वजह से हमारा घर लुटने से बच गया।

मैं : यह आप क्यों मुझे काँटों में घसीटते हैं ?

नवाब : जो कुछ हो, आपकी वजह से ही बचे। सामान तो वहाँ कुछ न था, लेकिन ज़रूरी काग़ज़ात थे।

मैं : यह हुज़ूर उन दिनों जंगल में औरतों को छोड़के कहाँ गए थे ?

नवाब : क्या कहें ! ऐसी ही मजबूरी थी। लखनऊ की जायदाद बादशाह ने ज़ब्त कर ली थी, लाट साहब के पास कलकत्ता जाना ज़रूरी था। ऐसी जल्दी में गया था कि न कुछ सामान लिया, न इंतज़ाम किया, सिर्फ़ शम्शेर ख़ाँ और एक और आदमी को साथ लेके चल दिया।

इसके बाद काफ़ी देर तक इधर-उधर की बातें हुआ कीं। फिर दस्तरख़ान बिछा। सबने मिलके साथ खाना खाया। जब हुक्का-पानी हो गया, तो नवाब साहब ने गाने की फ़रमाइश की। रात गए तक गाना होता रहा। सोने का वक़्त हुआ, तो मैं मामा के साथ सवार होकर घर आ गई।

# उपसंहार

न पूछो नामा-ए-आमाल की दिलावेज़ी
तमाम उम्र का क़िस्सा लिखा हुआ आया।[1]

मिर्ज़ा रुस्वा साहब, जब आपने मेरी ज़िंदगी के हालात लिखके मसविदा मुझे पढ़ने के लिए दिया, तो मुझे ऐसा ग़ुस्सा आया कि जी चाहता था टुकड़े-टुकड़े करके फेंक दूँ। बार-बार ख़याल आया कि ज़िंदगी में क्या कम काला मुँह हुआ था, जो उसकी कहानी मरने के बाद भी बाक़ी रहे और लोग पढ़ें और मेरी लानत-मलामत करें ? मगर कुछ आपका लिहाज़ करके हाथ रुक गया।

एकबारगी कल रात बारह बजे के क़रीब आँख खुल गई। मैं वहाँ अकेली थी। मामाएँ, ख़िदमतगार सब नीचे सो रहे थे। मेरे सिरहाने लैंप रोशन था। पहले तो मैं देर तक करवटें बदला की। चाहती थी सो जाऊँ, मगर किसी तरह नींद न आई। आख़िर उठी, पान लगाकर मामा को पुकारा, हुक़्क़ा भरवाया, फिर पलंग पर जा लेटी। हुक़्क़ा पीने लगी। जी में आया कोई किताब देखूँ। इस मसविदे पर हाथ पड़ा, तो ग़ुस्सा आ गया। मैं इसको फाड़ना ही चाहती थी कि मालूम हुआ, जैसे कोई कान में कह रहा है :

"अच्छा उमराव, मान लो इसे तुमने फाड़के फेंक दिया, जला दिया, तो इससे क्या होता है ? तमाम उम्र के हालात जो इंसाफ़ करनेवाले ख़ुदा के हुक्म से वहाँ फरिश्तों ने लिख रखे हैं, एक-एक बात का हिसाब लिख छोड़ा है, उसे तो न मिटा सकोगी !"

इस ग़ैबी आवाज़ से हाथ-पाँव काँपने लगे। क़रीब था कि मसविदा हाथ से गिर पड़े। मगर मैंने अपने-आपको सँभाला। इसे फाड़ने का ख़याल छोड़ दिया; जहाँ से उठाया था, वहीं रख दिया। फिर एक बार यों ही बिना इरादे के पढ़ना शुरू जो किया, तो मुझे अपनी ज़िंदगी की कहानी से इतनी दिलचस्पी

1. सारी ज़िंदगी का हाल लिखा हुआ देखकर, अपने किए हुए कामों का चिट्ठा देखकर, दिल को जो तकलीफ़ पहुँची, उसे न पूछो।

पैदा हो गई कि आख़िर तक पढ़ गई और अपने ऊपर गुज़रे हुए हालात के बारे में सोचने लगी। सोचते-सोचते सुबह हो गई। मुँह-हाथ धोकर नमाज़ पढ़ी और बाद में जाकर फिर लेट रही। नींद आ गई, तो सुबह आठ बजे उठी और मुँह-हाथ धोकर फिर पढ़ने बैठ गई।

मुझे नेक औरतों का ख़याल आया। उन्हें अपने ऊपर जितना घमंड न हो, थोड़ा है। हम-ऐसी बाज़ारियों का उनसे क्या मुक़ाबला ! मगर मैंने सोचा कि इसमें वक़्त ही का हाथ है, जो मैं बाज़ार में आई और अपनी क़िस्मत का लिखा पूरा किया। वक़्त न होता, तो क्या दिलावर ख़ाँ मुझे उठाके लाता और लाके ख़ानम के हाथ बेचता और मैं वह सब बुरे काम करती, जिनको अब मैं बुरा समझती थी ? उस ज़माने में मैं उन चीज़ों को नहीं समझती थी और न मुझे बताया गया था कि मैं उन कामों से बचूँ।

मैं ख़ानम को अपना मालिक समझती थी, अपना हाकिम मानती थी। ऐसा कोई काम न करती थी, जो उनकी मर्ज़ी के ख़िलाफ़ हो; और करती भी तो चोरी-छिपे; ताकि उनकी मार और झिड़कियों से बच सकूँ। ख़ानम ने अपनी ज़िंदगी-भर मुझे फूल की छड़ी भी नहीं छुआई, मगर उनका डर छाया हुआ था। जिन लोगों में मैंने परवरिश पाई, जो उनका तरीक़ा था, मेरा भी था। उस ज़माने में कभी किसी मज़हबी यक़ीन की बात पर ग़ौर नहीं किया और मैं समझती हूँ कि मेरी हालत में कोई करता भी नहीं। नेकी-बदी और भले-बुरे का फ़र्क़ मुझे मालूम नहीं होता था। औरों को देखकर मैं भी जो काम बिगड़ जाता या काहिली की वजह से न कर पाती, तक़दीर के सिर मढ़ देती थी। लेकिन उस ज़माने में मेरा कोई मज़हब न था। जो और लोगों को करते देखती थी, मैं भी करने लगती थी।

जवान होने के बाद ऐशो-आराम में पड़ गई। उस ज़माने में गा-बजाके मर्दों को रिझाना मेरा पेशा था। इसमें औरों के मुक़ाबले मुझे जितनी कामयाबी मिलती थी, उतनी ही मैं ख़ुश होती थी; जहाँ कामयाबी नहीं होती थी, रंज होता था। मेरी सूरत दूसरों की बनिस्बत कुछ अच्छी न थी, मगर गाने और शेरो-शायरी के शौक़ की वजह से मैं सबसे बढ़ी-चढ़ी रही। अपनी उम्रवालों में मुझे ज़्यादा बड़ा दर्जा मिला हुआ था। इसका नतीजा यह हुआ कि जितनी मेरी इज़्ज़त बढ़ती, मैं अपनी निगाहों में ख़ुद को इज़्ज़तदार समझने लगी। इससे नुक़सान हुआ कि मैं तो अपने काम के लिए मुँह देखती रह जाती और दूसरी रंडियाँ अपना मतलब निकाल लेतीं। मैं हर आदमी से घुल-मिल भी न पाती थी। उसकी लियाक़त, शराफ़त का अंदाज़ लगाती रहती और दूसरी उसे फ़रेब में ले लेती। इसलिए दूसरी रंडियाँ समझतीं कि मैं मिज़ाजवाली हूँ या दीवानी हूँ। मगर मुझे इन बातों की परवाह न थी।

फिर वह ज़माना आया कि मैं रंडी के ज़लील पेशे को ऐब समझने लगी

और उससे हाथ खींच लिया। हर ऐरे-ग़ैरे से मिलना छोड़ दिया और सिर्फ़ नाच-मुजरे पर गुज़र करने लगी। किसी रईस ने नौकर रखा, तो नौकरी कर ली। रफ़्ता-रफ़्ता यह भी छोड़ दिया। जब मैंने उन कामों को छोड़ा, जिन्हें मैं बुरा समझती थी, तो कई बार मेरे जी में आया कि किसी के घर में बैठ जाऊँ, फिर सोचा कि लोग कहेंगे कि आख़िर रंडी थी न, कफ़न का चोगा किया ! जब कोई रंडी उम्र से उतर जाने के बाद किसी के घर बैठ रहती है; तो तजुरबेकार तमाशबीन कहते हैं कि मरते-मरते कफ़न ले मरी, इंतज़ाम कर लिया कि कफ़न के पैसे पास से न ख़र्चने पड़ें और फ़रेब में फँसाके दूसरे के सर बोझ डाल दिया। बात सच है, हम लोग ऐसी ही होती हैं, ख़ुदग़रज़, लालची, फ़रेबी। इस हालत में मैं अगर सचमुच अपना धंधा छोड़कर मुहब्बत की बिनाह पर और ईमानदारी से किसी के पास बैठ रहूँ; तो मेरे दिल में क्या है, यह तो मैं या मेरा ख़ुदा ही जानता है, दूसरे क्या समझें और क्यों मेरी बात पर यक़ीन लाएँ।

वैसे मेरे लिए एक और मुसीबत थी। मेरे बारे में मशहूर है कि मेरे पास दौलत है। इसलिए बहुत लोग इस उम्र में भी मुझे चाहते हैं और तरह-तरह से मुझे फँसाना चाहते हैं। कोई साहब मेरी ख़ूबसूरती की तारीफ़ें करते हैं, अगर्चे मैं जानती हूँ कि उनका ताल्लुक़ ऐसी रंडियों से है, जो मुझसे कई दर्जा हसीन हैं और कमसिन हैं। किसी साहब को मेरे गाने के इल्म से इश्क़ है, हालाँकि उनके कान ताल-सम पहचानते नहीं। एक साहब मेरी शायरी की तारीफ़ के पुल बाँधते हैं और वह ख़ुद हैं कि न शेर सही कह सकते हैं, न पढ़ सकते हैं। एक साहब हैं, ख़ुद काफ़ी पढ़े-लिखे आलिम, लेकिन मेरी जानकारी के इस क़दर क़ायल मालूम होते हैं कि हर बात मुझसे पूछते हैं, रोज़ा-नमाज़ के मसले लेकर भी मेरे पास आते हैं, गोया मेरे शागिर्द हों। एक ऐसे चाहनेवाले हैं कि उन्हें मेरी सेहत की फ़िक्र रहती है, मुझे छींक आई और उनके लिए दर्दे-सर बन गई, मुझे सर में दर्द हुआ और उनके दुश्मनों का दम निकलने लगा ! एक बुज़ुर्ग मुझे ग्यारह बरस की बच्ची समझके दुनिया का उतार-चढ़ाव, मेरा भला-बुरा समझाते हैं।

मैं एक घाघ औरत हूँ, घाट-घाट का पानी पिए हूँ। जो जिस तरह बनाता है, बन जाती हूँ; लेकिन दर हक़ीक़त उनको बनाती हूँ, हर एक को ख़ूब समझती हूँ। बताइए तो किसके घर बैठूँ ? साफ़ दिल के साथ मिलने वाले भी आते हैं, लेकिन उनका मक़सद सिर्फ़ गाने-बजाने, शेरो-शायरी और अच्छी बातों से लुत्फ़ उठाना होता है। उनको मुझसे कोई ग़रज़ नहीं होती। मैं भी उनसे कुछ नहीं चाहती, सिर्फ़ कि यही वे आते रहें, उनके न आए मुझे भी चैन नहीं होता और उन्हें भी आए बग़ैर चैन नहीं। लेकिन अगर मैं कोई ग़रज़ उनसे रखूँ, किसी के घर बैठना चाहूँ तो उन्हें शक हो जाएगा और मैं

उनकी सोहबत से भी जाती रहूँगी। उन लोगों में से कोई मुझे घर बिठाने का उम्मीदवार नहीं है।

तक़दीर की बात है। आप तक़दीर की बात नहीं मानते, लेकिन इसको क्या कहिएगा कि जो दिलावर ख़ाँ मेरी ज़िंदगी तबाह करने का ज़िम्मेदार था, मेरे ही हाथों उसका ख़ात्मा हुआ। बात बहुत दिन की है। बरसात के दिन थे। पानी छमाछम बरस रहा था। मेरे कमरे में बिस्मिल्ला जान, अमीर जान, बेगम जान, ख़ुर्शीद जान, नवाब बब्बन साहब, गौहर मिर्ज़ा, आशिक़ हुसैन, अमजद अली साहब, अकबर ख़ाँ मौजूद थे, गाना हो रहा था। इतने में बिस्मिल्ला जान कहने लगीं कि मौसम अच्छा है, कढ़ाही चढ़ाओ, पकवान पकाओ। बात बढ़ती चली गई, तो मैंने कहा कि बख़्शी के तालाब[1] चला जाए। तय हो गया और फ़ौरन तीन गाड़ियाँ किराये पर आ गईं, खाने-पकाने का सामान और दो छोलदारियाँ लद गईं। सब गाड़ियों पर सवार होकर चल दिए। शहर से निकलके जंगल तो देखने की चीज़ थी। जिधर निगाह जाती थी, हरियाली-ही-हरियाली नज़र आती थी।

बादल घिरे हुए थे। बारिश भी रुक-रुकके हो जाती थी। हम लोग गाते-बजाते जा रहे थे। उस वक़्त क्या-क्या तानें ली गईं ! और उधर नाले-नालियाँ भरे हुए थे, मोर नाच रहे थे, कोयल कूक रही थी। बख़्शी के तालाब पहुँचे, तो बारहदरी में उतरे। कहते देर नहीं हुई कि चूल्हे बन गए, कढ़ाहियाँ चढ़ गईं, पूरियाँ तली जाने लगीं। नौकरों ने सड़क के किनारे बाग़ में छोलदारियाँ लगा दीं, गाँव से चारपाइयाँ आ गईं। आम टपक रहे थे। एक-एक दसहरी और सफ़ेदे पर चार-चार आदमी टूट पड़ते। खाते और छपके लगाते, कोई कीचड़ में गिरता, कोई पानी में भीगता, किसी के मुँह पर कोई आम का रस मल देता, कोई इधर भागता, कोई उधर जाता। धींगा-मुश्ती हो रही थी। नवाब छुट्टन साहब बरसाती पहनकर बत्तख़ के शिकार को निकल गए, गौहर मिर्ज़ा आमों की खाँची लेने चले गए। मैं भी घूमने चली और न जाने किधर निकल गई। एक साथ जो ख़याल आया कि रास्ता भूल गई हूँ, तो कभी इधर जाती हूँ कभी उधर कि बादल घिर आए और अँधेरा छा गया।

परेशानी में तेज़-तेज़ क़दम उठाके जो एक तरफ़ चली, तो सामने एक फ़क़ीर का तकिया नज़र आया। थोड़ी दूर जाके एक नाला मिला। नाले के उस पार थोड़े फ़ासले पर दो-तीन पेड़ थे। मैंने देखा कि उन पेड़ों की जड़ से थोड़ा हटके कोई आदमी मैली-सी धोती बाँधे, मिरज़ई पहने, एक मैला-सा चादर कमर से लपेटे, खुरपी हाथ में लिए कुछ खोद रहा है। मेरी जो उस

1. चौक से पाँच-छह मील की दूरी पर एक गाँव, जहाँ शहर के रईसों के बाग़ थे।

आदमी से आँखें चार हुईं, तो पहले कुछ शुबहा-सा हुआ, फिर एक बार ग़ौर से देखा, तो यक़ीन हो गया कि वह दिलावर ख़ाँ है। चाहती थी कि निगाह फेर लूँ, मगर आँखें कमबख़्त उसी तरफ़ लगी रहीं। क़रीब था कि गश खाके गिर पड़ती कि इतने में दूर से अकबर अली ख़ाँ के नौकर सालारबख़्श की आवाज़ सुनाई दी। मुझे ढूँढ़ने निकला था। आवाज़ सुनके दिलावर ख़ाँ तो भाग गया, लेकिन डर के मारे मेरी घिग्घी बँधी हुई थी। ख़ैर, किसी सूरत से सालारबख़्श के साथ वापस आई और अकबर अली ख़ाँ को क़िस्सा बताया।

अकबर अली ख़ाँ ने कहा कि फ़ैज़ाबाद के दिलावर ख़ा की गिरफ़्तारी के लिए तो एक हज़ार के इनाम का इश्तहार हो गया है; ज़रूर यहाँ उसने डाके-लूट का माल गाड़ रखा होगा, जिसे खोदने आएगा। इसलिए भागके जाएगा कहाँ ? मैंने कहा कि क्या मालूम मुआ अपनी क़बर खोदता होगा। गाँव से पासी बुलवाए गए और चारों तरफ़ ख़ूब उसकी ढूँढ़ की गई। मुआ रात गए हाथ आया। चौबीस अशरफ़ियाँ उसके पास निकलीं। पकड़के थाने भिजवाया गया। मैंने शिनाख़्त की। दो महीने बाद मालूम हुआ उसे फाँसी हो गई, जहन्नुम पहुँचा।

अब भी आप न मानें कि जो तक़दीर में लिखा है वही होता है, तो और सुनिए।

एक बड़ी बी कभी-कभी मेरे मकान पर आया करती हैं। किसी ज़माने में बड़ी मशहूर रंडियों में थीं। जवानी में हज़ारों रुपये कमाए। जब सिन से उतरीं, तो वही कमाई यारों को खिलाना शुरू कर दी। बुढ़ापे में एक नौजवान के घर जा बैठी। वह ख़ूबसूरत था, कमसिन था, इन पर क्यों रीझता ? मगर यह न समझीं। पहले तो साहबज़ादे की बीवी इनको देखकर ज़रा बिगड़ीं, मगर जब मियाँ ने असल मतलब समझा दिया, तो ख़ामोश हो रहीं और उनकी ख़ूब ख़ातिर-मदारत करने लगीं। जब तक माल रहा, मियाँ-बीवी ने ख़ूब फुसलाकर खाया और जब खुख हो गईं, तो घर से निकाल दिया। अब गलियों की ठोकरें खाती फिरती हैं। लखनऊ के गली-कूचों में जो बूढ़ी फ़क़ीरनियाँ पड़ी रहती हैं, उनमें ज़्यादातर रंडियाँ हैं और वे रंडियाँ, जो कभी ज़मीन पर पैर न रखती थीं, जिन्होंने क़यामत बरपाकर रखी थी, हज़ारों भरे-पूरे घरों को तबाह कर दिया था, सैकड़ों नौजवानों को बेगुनाह क़त्ल कर दिया था; जहाँ जाती थीं, लोग आँखें बिछाते थे; जहाँ बैठ जाती थीं, लोग बाग़-बाग़ हो जाते थे; आज उनकी तरफ़ कोई आँख उठाके नहीं देखता, उन्हें माँगे भीख नहीं मिलती।

और सुनिए, शाही ज़माने का एक क़िस्सा। एक दिन एक सिपाही निहायत ही फटेहाल मोती महल के फाटक के पास चबूतरे पर पड़ा सो रहा था। सवेरे

की नमाज़ के बाद बादशाह टहलते हुए उधर आ निकले। इत्तफ़ाक़ की बात, उस वक़्त कोई साथ न था। मालूम नहीं क्यों जी में आया, आपने उसे जगा दिया। वह सिपाही यों ही नींद से आँखें मलता हुआ उठा। बादशाह पर निगाह पड़ी, पहले तो घबरा गया, फिर सँभलके अपनी हालत को देखा, फ़ौरन तलवार नज़र की। बादशाह ने नज़र क़बूल कर ली। ज़ंग लगी तलवार थी, म्यान से मुश्किल से निकली। फिर देखभाल के उस तलवार की तारीफ़ की और म्यान में करके अपनी कमर में ली और ख़ुद अपनी विलायती तलवार निकाली, जिसकी मूठ सोने की थी, मय कमरबंद उसके हवाले कर दी। इतनी देर में वज़ीर हुज़ूर आलम आ गए। बादशाह सलामत ने जवान और उसकी तलवार की तारीफ़ की। इसी दौरान चोबदार और मुसाहिब जमा हो गए। फ़ौरन आपने दूसरे कपड़े मँगवाए और जो पहने हुए थे, उतारकर सिपाही को पहना दिए, हीरे-जवाहरात की मालाओं को गले से उतारकर दे दिया और चले गए। सिपाही बेचारा फ़ौज में तीन रुपये माहवार पाता था। घर पहुँचा, तो कोई पचास-साठ हज़ार की मालियत होगी। दम-भर में वह मुहताज से रईस हो गया।

यह सही है कि इस क़िस्म की चीज़ें शाही ज़माने में हो सकती थीं, जब कोई क़ायदा-क़ानून नहीं था। यह भी सही है कि अकसर लोग तक़दीर का नाम लेकर अपनी बदकारियों को छुपाया करते हैं। यह भी सही है कि अब तदबीर का ज़माना है—जो तदबीर करता है, कामयाब होता है। मैं बहुत दिन तक़दीर और तदबीर के मसले में फँसी रही। मगर अपने हालात को क्योंकर भूल सकती हूँ ! मेरी ज़िंदगी में काम वही दो हरूफ़ आए, जो मौलवी साहब ने पढ़ा दिए थे। यह तो हर आदमी के निज़ी जौहर का ज़माना है। अगर आप लायक़ आदमी हैं, तो आपकी शोहरत होगी। उस ज़माने में जब मैं नाच-मुजरा करती थी, तो मौलवी साहब से हासिल किए हुए इल्म की वजह से मेरी शोहरत हुई है। उस वक़्त तो मैं बराबर तारीफ़ करनेवालों से घिरी रहती थी। पढ़ने-लिखने के लिए ज़्यादा फ़ुरसत नहीं मिलती थी। लेकिन अब मैं अकेली हूँ, तो मौलवी साहब की दी हुई किताबें पढ़ने के शौक़ की वजह से ही ज़िंदा हूँ। अगर यह शौक़ न होता, तो जवानी के मातम, पुरानी दिनों के ग़म और मर्दों की बेवफ़ाई का रोना रोते हुए ज़िंदगी ख़त्म हो जाती। उसी तालीम का नतीजा है कि पास जो कुछ जमा है, उसे किफ़ायतशारी से ख़र्च करती हूँ और उसी पर ज़िंदगी काट लूँगी, किसी के सामने हाथ न फैलाना पड़ेगा। ज़िंदगी कट गई तो आगे का अल्लाह मालिक है। अब तो मैं तौबा कर चुकी हूँ। जहाँ तक हो सकता है, रोज़े-नमाज़ की पाबंद हूँ। रहती रंडी की तरह हूँ, ख़ुदा चाहे मारे, चाहे जिलाए, मुझसे पर्दे में घुटकर तो न बैठा जाएगा। मगर मैं पर्देवालियों के